明日という日

Takuro kaNki

神吉拓郎

P+D BOOKS
小学館

目次

鍵

機械部の部長の古屋は、大柄な男である。大きい癖に、猫背で、ひとと話すときは、いっそう背中を丸める。そして、意外なほど柔かな声で、囁くように話し掛ける。

その古屋が、昼すこし前に、佐藤のいる部屋を覗いた。佐藤は総務部の部長である。

古屋は、佐藤のデスクの横へ来ると、

「あのな」

と、例の柔かな声で呼び掛けた。

「なんだい」

「昼めし、つき合ってくれないか。ちょっと話があるんだ」

「ああ、いいよ。どこにする」

「まかせてくれ。新しく見つけた家があるんだ」

「ふうん。じゃ、まかせる」

「それじゃ、あとで」

気心の知れた仲である。

それだけいって、古屋は部屋を出て行った。

丁度いい、と、佐藤は思った。

多分、高島のことだろう、と、見当がついた。

忙しさにまぎれて、聞いていなかったが、その後、高島の様子がどうなっているのか、古屋に聞いてみたいと考えていたところである。高島が倒れてから、ずっと、病院や留守宅の面倒をみているのは古屋なので、他の誰よりも事情をよく知っている。

高島が突然倒れてから、もう半年近くになっていた。彼は機械部で古屋の下の次長、古屋も高島も佐藤も、同じ年に入社した仲間であった。

高島は、その日たまたま出掛けたゴルフ場で具合が悪くなった。すぐに最寄りの医院に運ばれたが、そこではあまり適切な処置は受けられなかったようである。症状からすると、蜘蛛膜《くもまくか》下出血だろうということだったが、その日は土曜日で、なにごとも手筈がつき難かった。設備の整った病院に移されたのは、なお一日おいた月曜日である。ずっと意識を失った状態のままであった。

「運が悪かったよねえ。せめて月曜日に、会社で倒れてくれりゃ……」

古屋は、手当の立ち遅れを、そういう風に歎いた。佐藤も同じような思いであった。それでどうなるということはないだろうが、自分たちが居合せれば、なにかが出来たのに、と思いたかったのである。

古屋は、病院や留守宅にせっせと足を運び、家族の相談にも乗り、まめに雑事を処理した。直属の上司ということもあったが、大きな身体をした彼は、高島の家族にとって見た目にも頼もしく頼り甲斐《がい》のある存在として映っただろう。

佐藤は、古屋の面倒見のよさに感心した。入社当時からの仲で、気のやさしい男だとは思っていたが、あらためて、その上に、厚みを増した年輪を感じた。ふだんは見過していて、或る日、その樹の幹の太くなったことに驚くようなものである。

仕事の面でも、高島が抜けて、その分をかぶっている筈だが、別にこぼしもせずに、淡々とやっているし、自分の家族のほかに、もう一つ家族を抱えこんでしまったような状態なのに、気負ったところも見せない。

「なにか、出来ることがあったら、遠慮なくいって下さい。まあ、古屋君がよくやってくれてるようだから……」

古屋ほどではなくても、佐藤も何度か病院へ足を運んでいる。

付き添っている高島の細君に、そういうと、彼女は、本当に古屋さんにはなにからなにまで……、と、声をつまらせて、ベッドの病人の方へ目をそらせた。

高島は、依然として、意識不明のままである。人相が変って、見馴れた高島とは別人のように見える。佐藤は、しばらくその顔を眺めていた。最後に話したときは、彼となにを喋ったのだろうと記憶を辿ってみたが、結局なにも思い出せなかった。

「おれがいうのも、へんかもしれないがね。有難う」

女中が、註文を聞いて去るのを待って佐藤はまず古屋に頭を下げた。

古屋は、怪訝《けげん》な顔をした。

「高島のことだよ」

「ああ……」

古屋は頷いた。

そして、ちょっといい淀んだが、

「あすは我が身、って気がするんでね」

といって、佐藤の目のなかをのぞいた。

今度は、佐藤が頷く番だった。

「それに違いない。……たまたまあいつの方が、順番が先になったんだ」

「そういうことだと思うよ」

古屋は肩を落していった。

「……しかし、こういう場合に出来ることといったら、後手後手に廻るしかないんだね」

「そうだな」

「倒れる前になんとか出来たら、と思うと、口惜《くや》しいよ」

古屋のいう通りだった。

「それで、見込みはあるのか」

「医者は手術をするといってる。それが成功しても、植物人間だろうね」

佐藤は溜息をついた。

「それ以上の可能性はないのかね」

「まず駄目らしい。接触の悪い蛍光灯みたいなもんで、繰り返してスウィッチを入れてると、たまにふっと点くことがあっても、また断《き》れてしまう。素人考えだけれど、そんなものらしい。手術ってのは、ぱちぱちスウィッチを入れてみるようなものじゃないかね」

「そういうものかな。……命はどうなんだ」

「生かしておくことは出来るらしい。でも、半年か、一年か、もっと生きるか、その辺はまだ解らないそうだ」

「暗然とするなあ。……奥さんはどうだ」

「しっかりしてる。覚悟はしてるようだ。しかし、今はまだ気が張っていても、長くなると大変だ」

「君の部も大変だな」

「仕事の方は、なんとかなる。それよりも、目下のところ、問題はこれだよ」

「金か」

「入院費、手術代、生活費、いくらあったって足りゃしない。それで今、会社と掛け合ってるんだがね。正直いって頭が痛い」

「渋いのか」

「いや、なんとか一番高いとこへ釣り上げようと思ってるのさ。それで知恵を絞ってるところなんだ」

古屋は、そこで、なにかを思い出したらしい。ああ、と呟いて、上着のポケットを探ると、小さなものをつまみ出した。

「これなんだがね。何の鍵だか解るかい」

受け取って、佐藤はその鍵を調べてみた。小型で、なにかの符号《ふごう》らしい英字と数字が刻んである。

「なんだい、これは……」

「高島の机を整理してたら出て来たんだがね」

「ほう。いつやったんだ」

「つい一週間ばかり前に、奥さんの了承を貰って、おれがやった。なんだか厭《いや》な気分だったけどね」

「ふうん」

佐藤は、なんとなく解るような気がした。

「なにか出たかい」

古屋は、首を振った。

「いや、なにも……。奥さんに見せない方がいいと思うものも、二三あったがね。それは始末した。机もロッカーも整理して、結構時間が掛ったよ。翌日、奥さんに私物だけは届けたんだが……」

「そりゃ、よかった」

「ところがね。この鍵だけが宙ぶらりんになってしまった」

「ほう、奥さんにも心当りがないのかい」

「そうなんだ」

「ふうん、……なにか曰《いわ》くがありそうだな」

「おれも咄嗟《とっさ》にそう思った。それで、出どこが解ったようなふりをして、持って来ちゃったんだけれど……、これは何の鍵だと思うね」

「さあ、おれにも解らん。ロッカーの鍵でもないし、ファイル・キャビネットの鍵でもないな」

「そうだろう」

「庶務か、守衛室あたりに聞いてみたら」

「当ってみたよ」

古屋は、指の節で、こつこつと額を叩いた。

「……この種の鍵は、社内では使われておりません、といわれた」

「とすりゃ、ゴルフ場か」

「ゴルフ場で鍵を使うのは、ロッカーぐらいだろう。それも当ってみるか」

「しかし、ロッカーの鍵って感じじゃないね。たとえばだな、会員制クラブの鍵で、これが会員証代りになってるとか……」

「なるほど」

「……でも、妙だな」

佐藤は、ふと思い当るところがあって、古屋を見つめた。

「……どうして、小さな鍵ひとつに、そう拘《こだわ》るんだい。なにか、訳ありなのか」

古屋は頷いた。

「引き出しの奥の、蔭になってるところに、テープで留めてあったんだ。なんでもない鍵なら、そんな風に隠しておいたりしないだろう」

「ほう」

佐藤は、そこで、もう一度その鍵を見直した。なんの変哲もない、小さな鍵である。まだ使い古していない証拠に、つまみ上げると、きらりと光った。

高島が倒れたことは、佐藤にとってやはり大きなショックだった。同年輩でもあるし、高島を見舞ったと同じ災厄が、佐藤の身の上に起っても、なんの不思議もないのである。

明日は我が身、と、古屋がいった言葉は、以前の佐藤たちにとっては、冗談めいた使われ方をされていた筈であった。それが、こうまで切実になって来ると、佐藤も動揺しない訳にいかなかった。

「どうしたのよ、佐藤さん、この頃、影うすくなったみたい」

飲んでいて、突然耳もとでそんな声が聞えてびっくりすることもあった。いつの間にか自分だけの妄想の世界に迷い込んでいて、周囲のことは見えなくなってしまう。

「やあねえ、ほんとに影うすいよ」

「そうか、おれ、電池が切れかかってるのかな」

「そうよ、充電、充電、ちょっと、こちら、お代り……」

佐藤は、思いついて、その店の女たちに聞いてみた。

「これこれこういう訳でさ。或る会社の、或る男の机の引き出しから、素姓の知れない鍵が出て来たとするね。隠してあったその鍵は、何の鍵だと思う」

それに対する反応は、さまざまだった。

「これよ」

と、小指を立ててみせて、

「絶対間違いなあし、女のマンションの鍵」

と断定する女もいたし、

「実物見れば解るんだけどなあ。私、何十回と引越ししてるから、いろんな種類のマンション知ってるのよ。ひと目見りゃ、ばっちり解るわよ」

という女もいた。

「しかし、マンションの鍵にしちゃ、ちょっと違うような気がするなあ。こんなもんなんだぜ」

と、佐藤が反論すると、

「そういうのもあるのよ」

と、引越し数十回が、自信ありげにいう。

「きっと、私書箱の鍵じゃない。今流行《はや》ってるのよ」

「私書箱は、めいめいに合鍵を持たせるのかい」

「さあ、よく知らないけど、……じゃ、銀行の貸金庫か、ホテルのセーフティー・ボックスかな」

と、思いつきばかり並べる女もいた。

「結局、女の線かね」

「もちろんよ」

「そうかなあ……」

「あら、佐藤ちゃんのよく知ってる人なの」

「いや、そうじゃない」

佐藤は打ち消した。

「女の部屋の鍵だとすると、その女はどうしてるだろうね。今まで足しげく来ていた男が、ふっつりと姿を見せなくなったら……」

「その一、次なる男を探す」

「それとなく会社に電話を掛けて、様子を聞くだろうな」

「○○は只今欠勤して居ります」

「初めは、居留守かもしれないと思うかな」

「二三日して、また掛けてみる」

「○○は只今欠勤して居ります」

「いよいよこれは病気かもしれないと思う」

「私は深追いしないほうだもんね」

「由美は、追われもしないほうだからね」

「ちょっと、今、なんていった」

女たちがはしゃいでいる横で、佐藤は、気持が沈んで来るのを感じていた。

病床にいる高島には、ときどき、意識が戻ることがあるようだった。

或る夕方、付き添っていた細君は、帰り支度をして、高島の耳もとに口を寄せて、

「それじゃ、帰ります」

とささやいた。聞えなくても話し掛けよう、彼女は、そう決めて、入院以来、ずっとその習

慣を続けていた。

その夕方、声を掛けると、高島の顔に、ほんの僅かな反応があった。閉じられた目蓋《まぶた》が、かすかに動き、涙が溢《あふ》れて、ひと筋、頰を伝った。それを見て、細君は号泣したそうである。

一回目の手術で、いくらか上向きになりかけた病状も、続いて行われた二回目の手術の結果、また、元へ戻ってしまった。

一進一退で、次第に悪くなるだろう、という医師の予測が、不幸にも当ってしまったようだった。

見舞いに行って、ただ昏々《こんこん》と眠っているだけの高島の顔を見ると、佐藤は、不思議な感慨に囚《とら》われてしまう。これが、かつて一緒に入社し、共に仕事をし、連れ立って飲み廻った仲間だろうかと思う。揺り起して、自分がここに居ることを知らせてやりたくなる。

高島の細君は、つとめて明るく振舞っているが、やはり疲れは隠せない。話すこともつい途切れがちになる。

古屋は、会社のなかのあちこちに働き掛けて、高島の家族の為に、なんとか有利なかたちを造ろうと奔走していた。ときには佐藤も助太刀に出ることがあった。

或る日、佐藤のところに電話が掛って来て、受話器を取ると、古屋からであった。

「おい、喜んでくれ、なんとかなったよ」

古屋は、そういった。

それだけで、なんのことか佐藤にはよく解った。

その晩、二人は落ち合って、ささやかに祝杯を挙げることにした。

古屋の話によると、かなりの額の保険金がはやばやと支払われることになったし、会社の方も、出来るだけの処置をしてくれることになったようである。

「これで、もしものことになっても、まず心配はいらないだろう。おれもやっと安心して眠れるよ」

古屋は満足げだった。大きな身体がひと廻り縮んだように見えたが、それは、続いた心労のせいなのだろう。

「一度に二つ三つ年を取ったような気がするよ」

古屋は、そう弱音を吐いたが、表情は晴れ晴れとしていた。

「ところで、あの鍵はどうした」

佐藤が気にしていたことを聞くと、古屋はポケットを探って、ほかの鍵と一緒にキイリングにつけた例の鍵を出して見せた。

「で、何の鍵か、正体が解ったのか」

「結局、解らん。解らずじまいだ」

古屋は、しばらくその鍵を眺めていたが、

「この鍵は、おれが貰っとくことにしたよ。いいかい」

「もちろんさ。それがいちばんだ。なにか幸運でも持って来てくれるかもしれない」

「そうだといいが」

古屋は、もう一度、その鍵をじっと見ていたが、やがて、しっかりとポケットに納めた。

その鍵は、それ以後も、ずっと、古屋のポケットのなかにある。

行き場のない鍵というのは、奇妙なものだ。

どこかで、なにかが、開けられるときを待っている筈なのに……。

鍵は知っているのに、語ってくれない。

もう一人、それを知っている高島も、口を噤《つぐ》んだまま、語ろうとはしない。

病気

伊東を過ぎる頃から、海の色が濃くなってきた。

花見どきなので、車内は、かなり混んでいる。空席が目立つほどである。

小倉は、十時すぎに東京駅から乗った。

小田原、熱海で、かなりの乗り降りがあったけれど、大勢は変らない。この頃は、かなり先まで伸《の》す客が増えたのかもしれない。

小倉の席は通路側であった。窓際を占めているのは中年の女である。向い側の二人も連れの女たちで、その枡《ます》は小倉一人を除いて、全部女である。ほかにもかなり仲間がいて、時々伸び上っては、他の客の頭越しに声高に話し合う。小倉は、なんとなく落ち着かない気分であった。どういう団体なのかよく解らないが、中年の女が、それだけ揃っていると、気押《けお》されるところがある。

女たちは、それを承知で、気儘《きまま》に振舞っている。

小倉が、窓の外の海を見ようとすると、どうしても隣の女が目に入る。その度に、隣の女は、ちらちらと小倉に咎《とが》めるような視線を向ける。まるで、小倉がその女の横顔を盗み見しているような印象で、どうも面白くない。彼は駅で買った週刊誌を拡げて、もっぱらそっちに気を向けることにした。窮屈な話である。

仕方なく活字を目で拾っていたが、すぐに飽きてしまった。目が渋い。小倉は目を閉じた。すこし眠ったとみえて、気がつくと、周囲の女たちが立ち上って、降り支度にかかっていた。

今井浜で降りるという。小倉も、同じである。

小倉は、初めての町であった。

今井浜から車ですこし入った温泉町だが、旅館は大小とりまぜても五六軒くらいしかない。

小倉の取った宿は、その中でも一番小さな宿である。知人の紹介だが、ほとんど、そうした紹介客だけを相手に商売をしている旅館らしい。

根っからの旅館商売というわけでもないらしく、構えも、迎えに出た女中の応対も、どこか大様なところがあった。

通された部屋も、ゆったりして、営業用というより、もとは東京の資産家か誰かが隠居所に建てたものではないかと思える。

女中が茶を運んで来てから間もなく、女主人らしい中年の女が挨拶に出た。

あまり、この土地の女とも思われない物腰だし、旅館の女将《おかみ》らしく、客を値ぶみするようなところもない。

とりとめのない話をしているうちに、やはり小倉の持った印象が、はずれていないことが解った。

建てたのは、日本橋のかなりな商店の主人だった人だそうである。戦後しばらくして、ここに引きこもるつもりだったのが、あとつぎを事故で失ってしまって、商売は続けなければならず、せっかく建てたのに、あまり使うことはなしに亡くなったのだそうだ。

「……それで、どことなくゆったり出来ているんだな。やっぱり自分で住むつもりの家ですよね」

小倉が、座敷のなかを見廻しながらいうと、女主人は頷いた。

「そうなんですの。でも、隠居なんていっても、もともと賑やかなことの好きな人だったので、人に来て貰いたくてしょうがなかったんです。それで、お客部屋をいくつも作って、誰それ構わず人を連れて来て、いる時は、とても賑やかでした」

女主人は、笑った。

「……それくらいなら、こんなところに隠居所なんか建てなくても、東京でよかったんですのにね」

「それで、旅館を始めたのは、どなたなんですか」

「私の母ですわ。この家を譲り受けたのはいいんですけれど、なにかしなくちゃいけないし、家のなかを見廻してみたら、宿屋が出来そうだと思いついたんですのね。温泉は引いてあるし、そこで、造作をちょっと手直ししたりして、向うみずに始めちゃったんです。その素人商売の気が、今もぬけきれなくて……」

「しっかりしたお母さんだったんですね」

「いいえ……」

女主人は笑って首を振った。

「宿屋を始めてから、段々しっかりして来たんですわ。……ただ、娘の私からそんなことを申し上げると可笑《おか》しいかもしれませんが、母はなかなかの美人で、それに、お客好きだったのがよかったんでしょう。随分肩入れをして下さった方があるようで……」

「なるほど」

「美人は得ですわね。……私は、母の血をあまり引いていないようで、まるっきりですわ」

女主人は、長居が過ぎると思ったらしい。そう締めくくった。

「こちらには骨休めに」

「まあ、そんなもんです」

小倉は、聞かれて、なんとはなしに、にやにやとした。

嫁いで関西に住んでいる娘に、二番めの子が生れたのである。細君は手伝いに行ったまま、もう一週間も帰って来ない。出掛ける前にぶつぶつ文句を並べていたのは、夫の手前だけで、実は孫たちが可愛くてたまらないのである。

「まったく厭になっちゃうわ。朝から晩までこき使われるんだから……。親をなんだと思ってるのかしら」

そうぼやきながら、細君は、山のように土産をととのえ、いそいそと出て行った。そのお蔭で、小倉は、会社から帰ると家事に追われ続けである。今度の伊豆旅行は、その骨休めのつもりであった。

「お爺ちゃんなんて、全く縁起でもない。小遣いをせびられるだけで、いいことなんか一つもねえや」

小倉の仲間で、最近爺いグループ入りをした男は、感想を聞かれると、そういった。不平をいいながらも、満更でもない顔をしているところは、小倉の細君と同じである。その男は、内実は孫べったりで、なにかというと孫のために札びらを切っているともっぱらの噂であった。

「全くだらしがねえ、どいつもこいつも鼻の下伸ばしやがって……。俺は憎まれる爺いになってやる。この上、気易く、すねを齧《かじ》られてたまるかってんだ」

数年前までは、そう息巻いていた男がである。その豹変《ひょうへん》振りを耳にしたとき、小倉たち仲間は、開いた口がふさがらなかったものだ。

女がお婆ちゃんになることは、二度めの生き甲斐の始まりかもしれないが、男はそうともいえない。お爺ちゃんは、どっちかといえば埒外《らちがい》の人物である。

小倉は、自分の立場が段々と解ってくるにつれて、あまり孫と関りを持たないようにしようと思った。求められたときだけ、その役割を果せばいい。ほとんどは、金を出すだけの役だが、仕方がない。初めて孫の顔を見せられたときに、困ったことになったというある種の当惑の感があったのは、今となってみれば、やはり当っていたのだろう。

初孫は女で、杏子《きょうこ》とつけたかったのだが、娘夫婦は、それでは古い、と、勝手にクララと変えてしまった。

二人めも、女であった。娘夫婦は、今度は親の意見は聞かずに、ルリと命名した。

「クララとルリか。なんだかホステスみたいだな」

小倉は蔭口をきいた。本当はもっときわどい場所のことを思い浮べたのだが、それは控えたのである。

「そんなことはありませんよ」

と、細君は、いくらかむきになって、その名前を弁護した。

「……クララに、ルリ、か」

温泉に漬かって、あごまで湯に沈めながら、小倉は呟いてみた。七十か八十になったクララとルリのことをふっと思って、苦笑した。


「誰かお相手を呼びましょうか」

夕食の前に、女中がそう切り出した。

「……芸者衆でも」

「美人はいるかい」

小倉が冷かし半分にいうと、女中は首をかしげた。

「とびきりでなきゃ駄目だぜ」

「……さあ、若い子はいますけれど……」

「まあいいや、やめとこう。一人の方が気楽でいい」

多分、芸者といっても、近くの大きな町から、車を飛ばして来るのだろう。却《かえ》って世話が焼けるような芸者なら、いない方がいい。小倉のそんな気持は、女中には通じないらしい。

「でも、お淋しいでしょう」

「ずっと淋しいよ。ここ五十年くらい」

女中は不思議そうな顔をした。

「……ずっとお一人ですか」

「ああ、ずっと独身でね。この年まで来ちゃった」

「まあ……、あら、嘘ばっかり」

女中は、けたたましく笑って、立って行った。


夕食を終えても、まだ宵のくちだった。

「夜桜、といっても、たった二三本ですが、ごらんになったら」

と、女主人が笑いながらすすめるので、小倉は、宿の下駄を借りて、散歩に出た。

思ったより空気が冷たい。花冷えというやつだろう。小倉は丹前《たんぜん》の襟をかき合せた。

その宿は、温泉町のいちばん奥の、高みにある。後に山を背負っているせいで、山気が降りてくるらしい。

暗い坂をすこし下ると、道は石畳になり、両側に、かなり大きな旅館が並ぶ一画がある。そのあたりは、あかりが道にあふれ、人影も多い。土産ものの店や、ゲーム場のような店もあり、横丁には小さなストリップ小屋らしいネオンもあるが、それは消えたままだ。小なりとはいえ、温泉町の道具立ては揃っている。

桜は、町の入口にあった。かなり古い木で、背も高い。小倉は、なぜ、来るときにこの桜が目に入らなかったのだろうと、不思議に思ったが、やっとその理由に思い到った。その時は、車の運転手を相手に、競輪の話をしていたのである。運転手は競輪に詳しくて、いろいろ面白い話を小倉にして聞かせた。

その近辺では、小田原が競輪の開催地で、その日には、行楽客と競輪の客が重なって交通が渋滞する。なんでも、その運転手は、前の週のレースで、大穴を当てたそうである。その日は、良くツイていて、結局三十万ほど手にしたそうだ。

「ま、大きく勝負をする人にくらべりゃ、雀の涙だけど、いい気分だったね」

運転手は機嫌がよかった。小倉は、勝負ごとはあまりやらない方だが、三十万の金の使いみちには興味があった。それで、どうしたのかと聞くと、運転手は、

「考えたけどね。思い切って、かあちゃんにミンク買ってやった。目を白黒さしてましたよ」

本物かどうだか解らないけれど、今は、ミンクのコートが期末セールで、馬鹿みたいに安く買えるのだそうである。次のレースですってしまうより、その方がずっとましだと思ったのだという。

小倉はその話に感心した。この頃では、農家のかみさんなどでも、ミンクのコートを持っているのがすくなくない、と、運転手はいった。

そんな話をしているうちに、宿についてしまったのである。

夜桜は、まだ三分というところで、なによりもまず冷える。落ち着いて眺めるどころではない。

小倉は、近くに珈琲《コーヒー》店の看板があるのを見付けて、その店に入ることにした。

小さな、古びた珈琲店で、なかの造作は、すっかり珈琲の色に染まっている。

カウンターの中の初老の男に、とりあえず珈琲を註文した。店のなかには、まだ暖房が利かせてあった。一組だけ、三人連れの男女の先客がいた。一人は旅館の宿泊客らしく、丹前姿で、飲み屋の女らしいのを横に坐らせて、その肩を抱いている。向い合っているのは、旅館の番頭かなにかのようで、セーター姿の上に、宿の名を染めぬいた半纏《はんてん》を引っかけていた。

小倉がふっと気がつくと、半纏姿の男が、ちらちらと、彼の方を窺っていた。土地の男らしく陽に灼けた顔で、年恰好は小倉と同じくらいだろう。

小倉は、その視線に、絡みつくようなものを感じて、顔をそらした。知らん振りを決め込む以外にないと思った。

その男は、ちょっと考え込んでいたようだが、やがて、連れにひとこと残して席を立ち、小倉のテーブルの方へやってきた。そして、小倉の横に立つと、なりに似合わない口調で、

「……失礼だが、小倉君じゃないですか」

と、声を掛けて来た。

小倉は、向き直って、その男を眺めた。知人であることに間違いはないらしいが、それにしても、誰だろう。男の口調のどこかに、聞き覚えがあるような気がしたが、まるで見当がつかない。

失礼だが、お名前は……と、口に出かかったときに、突然ひらめいたものがあった。

「ああ」

小倉は思わず声を上げた。あまりにも意外な人物だったからである。

「大久保君でしょう。誰かと思った。こりゃ奇遇だ」

半纏の男は大きく頷いた。そして、照れたように笑った。

「よく解ったね。元気そうじゃないか。だいぶ老けたけれど……」

「そっちも老けたぜ。元気そうだけれど……」

小倉は、やり返しながら、興奮していた。

その大久保という、半纏の男は、小倉の以前の同僚であった。同僚のなかでは、目立った男である。課長になったのも一番早かったし、仕事の面でも切れる男であった。

その大久保が、十五年ほど前に、或る日、ふいに失踪してしまった。その時は、小倉も驚いたし、他の同僚たちもびっくりした。失踪の理由は誰にも解らなかった。多少金銭的にルーズな面があったし、高圧的で、ひとこと多いたちの性格だったから、嫌われるところもあったが、それくらいのことを気に病む男ではない。

結局、理由が解らないままに時が経ち、一年ほどしてから、会社あてに、彼自身の声で、やめるという電話が掛ってきた。無事でいることは確かであった。家族にも連絡があったらしい。忘れてくれ、という電話だったそうだ。大久保の細君は、何年かして、子連れで再婚したそうである。

「……この温泉にいたとは知らなかった」

小倉がそういうと、大久保はちょっと口を曲げて笑った。

「なに、この二三年だよ。そこの――荘にいる」

大久保は、窓から見える向いの大きな旅館を指した。

「……俺も、結構この稼業ではベテランになってね……。とにかく気楽でいいや、旅館の番頭っていうのはね」

大久保の口調には、いささか虚勢のようなものも感じられたけれど、半分は本音であるらしい。切れ者の元課長ならば、気位さえ棄ててしまえば、番頭は気楽な稼業かもしれない。

「ちょっと待っててくれ。向うのお客を片付けてくる」

大久保は、そう言い置いて元の席に戻った。そして一旦彼等と外に出て、すこししてまた帰って来た。

「どうだい、飲むか。ちょっと狭いけれど、俺のアパートに来てくれ」

大久保は、先に立って、小倉を案内した。

町の裏側の、結構小綺麗《こぎれい》なアパートが、彼の住居である。家具も揃っていて、女の気配があった。

「今いる旅館の女中と出来てね。転げ込んだというわけさ」

大久保は、ちょっと狡《ずる》そうな笑みを見せて、小倉を窺ったが、小倉はとぼけていた。あまり露悪的な話は聞きたくなかった。

大久保は、ウイスキーの壜《びん》やグラスを出し、冷蔵庫を開けて、器用な手つきで水割りを作り、ひとつを小倉にすすめた。

「まあ、とにかく、久闊《きゆうかつ》を叙して……」

「元気でよかったよ」

二人は、グラスを挙げて、乾杯した。

その夜、小倉が旅館に帰ると、女中の後から、女主人が驚いたような顔を覗かせた。どこへ迷い込んだのかと心配したらしい。

小倉が事情を説明して聞かせると、

「ああ、あの番頭さん……」

と、女主人は頷いた。狭い温泉町だから、なんでも筒抜けになるのだろう。いろいろ知っていそうでもあったが、小倉は、あまり根掘り葉掘り問い糺《ただ》す気はなかった。ほじくり返したところで、なんになるだろう。

大久保の女遍歴は、今に始まったことではない。小倉は、以前そのいくつかを知っていたが、あまり他人に洩らしたことはない。

「……俺の、この癖はね」

その夜、大久保は小指を立ててみせながら、小倉にいった。

「ほとんど病気だから……」

東京に帰っても、小倉は、大久保に会ったことを、誰にも話さなかった。

しばらくして、電話をすると、大久保はもうその旅館にいないという返事だった。女にも黙って、一人で出て行ったらしい。

涅槃西風《ねはんにし》

家を出るときに、小宮はちょっと手間取った。

コートを着て行ったものかどうか、迷い始めたのである。

細君の綾子は、着て行った方がいい、と、しきりにすすめた。

結局、小宮は、一度着たコートを脱いで、綾子に渡した。

「風邪をぶり返しても知りませんからね」

綾子が毒づくのは、聞き流すことにした。

「光はどこに行った」

「そのへんでしょう」

光は、門の脇の塀に寄りかかって、漫画を読んでいた。

「行くか」

と、声をかけると、

「行ってもいい」

と、答える。小学校の三年にしては、大きく見える。

「……ねえ、車で行くの?」

「電車だ」

「車がいいな、ぼく」

小宮は苦笑する。

光は、小宮の孫である。娘の文代のひとり息子だが、どっちかといえば、そのつれあいの江森に似ている。ひょろひょろとして背が高い。

文代夫婦は、よくこの子を自分たちの車に乗せて連れて来る。預けて夫婦して遊びに行ってしまう。それは、光がまだ赤ん坊の頃からずっと続いている。

初めのうちは、小宮夫婦も、それを楽しみにしていた。孫は、自分の子供とちがって、責任がない。なんといってもよその子である。

それでも、光を預かると、あとでがっくりと疲れが出た。あまり丈夫でない綾子は、光が帰ったあと、何日かぼうっとした。

「まったく、文代と来たら……、それに亭主も亭主だわ、ひとに預けて置いて、自分たちだけのほほんと遊び歩いて……」

綾子は、いつもそうこぼした。その癖、光が来ると相好を崩して迎えるのは綾子であった。

文代の方は、文代の方で、

「お母さんが甘やかし過ぎるから、ここに預けたあとは、勉強しなくなって困る」

とか、

「気難しくなったり、ろくなことがない」

と、文句をいう。

かっとなる綾子をなだめて、小宮が、

「……あれで、多少うしろめたい気持があるのさ。照れかくしだよ」

というと、綾子は、言下に否定した。

「そこまで気の廻る娘なもんですか」

娘の結婚話のときは、綾子は、気が進まなくて、最後まで反対していたが、若い二人に結局押し切られたかたちになっている。それをいまだに根に持っているのかもしれない。

駅のフォームに立っていると、やはり冷気が足の方から這《は》い上って来る。

「寒くないか」

「うん」

光は、返事も上の空に、漫画本の頁をめくっている。

快速電車を、御茶ノ水で千葉行きに乗り換える。

御茶ノ水から先は、めったに来ることがない。会社への往復も中央線でこと足りたし、千葉の方へは、あまり足を延ばしたことがなかった。窓外の景色は、小宮には馴染みのないものだった。

小宮と光は、錦糸町で国電を降りた。

「さて……」

駅前に立って、小宮は少々心細かった。

あらかじめ地図で当ってあるので、だいたいの見当はつくが、なにせ不案内の町である。

「どっちへ行くの？」

と、光が聞いた。

「……多分、こっちだろう」

「ふうん、よく知らないの？」

「そうだよ。随分長い間来なかったからね」

「長い間って、うんと長いの？」

「そうだな、三十何年か前だ。光のお母さんが、まだ生れる前だった」

その頃、小宮はまだ結婚していなかった。

それから三十数年の月日が過ぎている。

「変るのも当り前だ……」

小宮は溜息まじりで呟いた。歩きながら眺める家並みには、どこにも当時の面影は残っていない。

「さてなあ、どこを曲るんだろう」

とにかく訊《たず》ねてみるのがいいだろう、と、小宮は、通りすがりの商店を覗いてみた。

「さあ、俺にゃ解んないなあ。……その先のお茶屋で聞いてみたら？　俺たち、土地っ子じゃないからねえ」

なにが入っているのか、段ボールの箱をせっせと運んでいる若い男たちは、そう教えてくれた。

何軒か先の葉茶屋で、店番の老女に訊ねたところでは、思い当らないという。

「……サイガン寺さんねえ」

「西の岸なんだけどね。西の岸でサイガン寺。解りませんか」

老女は首を横に振った。そして、いい訳がましく、私もここに来て、まだ何年にもならないから、と呟いた。

「ねえ、なんでお寺なんかに行くの？」

歩きながら、光がいった。

「ちょっと用事があるのさ」

「お寺なら、ぼくんちの方にもあるよ。そこへ行こうよ」

「うん、でも、どこのお寺でもいいって訳にはいかないのさ」

「どうして？」

「そのお寺にはね、お爺ちゃんの友達がいるんだよ」

「そう」

光は、

「もう、ぼく、くたびれたな」

と、不機嫌な声でいった。

幸いなことに、その寺のありかは、次の派出所で、すぐ解った。最初に小宮にそれを教えた男が、町名を間違えたのであった。小宮と光は、お蔭でまた少々後戻りをしなければならなかった。

小宮が思い立って出掛けて行く気になったのは、その少し前に行われた中学校の同期会からである。

しばらくぶりで顔を合せた昔の級友の一人が、

「……そういえば、この間、川口の墓参りに行って来た……」

といった。

「……川口、憶えてるだろ?」

「憶えてるさ。空襲で死んだんだ」

「そうだ。例の、三月十日の」

小宮は、今でも、その川口という少年をよく憶えている。

戦争の最後の年の、あの下町一帯を焼き尽した夜の空襲で、彼は行方不明になった。

戦後何年か経って、小宮は、同級だった友人たちと一緒に、彼の遺族を訪ねたことがあった。

川口の名前を耳にするのは、それ以来であった。

小宮は、心を動かされて、すっかり頭の禿げ上った昔の級友に、寺のありかを訊ねた。

「なに、すぐ解るさ。ええと、あれは何丁目だったかな」

その男は、調子よくうけあった。

「そうか、それじゃ俺も行って来よう」

「行ってやれよ。喜ぶぜ、きっと」

そんな会話をしたのが頭に残っていて、ふっと出掛ける気になったのである。


「ああ、そういえば、ついせんだっても、誰方《どなた》かお参りに見えたようでしたが……」

応対に出た中年の女が、そういった。住職は留守だった。

女はもの馴れた様子で、帳面を調べている。

寺はすっかり今ふうに改築されて、それが小宮には珍しかった。妙に明るくて、抹香《まっこう》くさいところがない。どっちかといえば、結婚式場のような趣きがある。

「戦後間もなくに伺ったことがあるんですが、すっかり変りましたね」

小宮が首を傾《かし》げると、女は笑いを含んだ表情で答えた。

「……この頃は、どこでもこんなふうになってしまって……」

そして、立ち上ると、小宮たちを案内する為に、建物の横を廻りながら、

「……私も好きじゃないんですよ。ちっともお寺らしくなくてね」

と、他意のない口調でいった。

本堂の裏手に廻って行くと、意外なことに、生垣の向うに、ささやかに墓地が残っていた。不揃いな墓石が、それでも、ほぼ同じ方角を向いて、午後の薄日を浴びている。

墓石には、背の高いのもあり、低いのもある。古びかたも一様ではない。それでも、背後に、くろずんだ木立を背負って、町なかには珍しいほど静かなたたずまいを見せていた。

小宮の尋ねる墓は、その中ほどにあった。ごく平凡な、つつましい墓であった。

ただ、最近訪れた人があったことを示す素枯れた花束と、燃えさしの線香の束があった。

小宮は、その墓の前に、しばらく立っていた。話すことは、いろいろあった。

「ねえ、なにをお祈りして来たの？」

光が聞いた。

「うんしばらくでしたって。元気ですかって……」

「ふうん。でも、返事はしないんでしょ？」

「返事はしなかった。でも、多分聞えたと思うよ」

「ふうん」

光は、その女と一緒に、墓地の入口で待っていた。

「昔は、随分大きな木があったんですけどね。……すっかり焼けてしまって……」

女は、墓地を見渡しながら、そういった。

「このへんは、すっかり焼けてしまったから……」

小宮は、焼跡の頃を思い出していた。

「……そこに、昔、納骨堂がありました」

女は、指差して、ぽつんといった。

「……私の父は、そこで死んだんです」

小宮には、女の言葉の意味がよく解らなかった。

「はあ……」

「やっぱり、三月十日の夜です」

「空襲で亡くなったんですか」

「ええ……」

「そうですか。それは知らなかった。お父様は……」

「住職でした」

「そうでしたか」

「……私と母は、あの晩、いなかったんです……」

彼女は唇を噛んだ。

小宮はちょっとたじろいだが、住職の娘というその人は、すらすらと、こんな話を小宮にして聞かせた。

——その空襲の日、彼女は母親に連れられて、千葉の方の親戚の家へ泊り掛けで行っていた。

食料の買出しの為であった。

「……その日のうちに帰ろうと思えば、帰れないこともなかったんでしょうが、いろいろ御馳走になったりしているうちに、遅くなってしまったし、その家でも、泊って行け、と、強くすすめるものですから、母もその気になったんだと思います。

その夜中から空襲が始まって、起きてみると、西の空が真っ赤になっているのが、手に取るように見えました」

その夜の空襲が、東京を襲った最大の空襲であった。

攻撃が始まって間もなく、下町一帯は、火の手に包まれた。消火どころではない。火の手が盛んになるにつれて、突風が起り、火勢を煽《あお》った。風上も風下もない、ただ火の海だったという。人々は、家を捨てて逃げまどった。所詮《しょせん》は無駄であったけれど、老人や子供を庇《かば》い、一縷《いちる》の望みを抱いて、逃げ道を必死で探した。

奇蹟的にその火の海から脱出した人の話によると、彼女の父の住職は、自分の寺を捨てることを承知しなかったそうである。今のうちなら、まだ逃げられるから、とすすめるその人に向って、彼は首を横に振った。いやいや、私には、檀家の皆さんからお預かりしたお骨がある。それをお守りしなくちゃならないんでな。住職は、そんなふうにいって、その人に、早く逃げるようにすすめ、自分は動こうともしなかった。

空襲が終って、何日かあとに、住職の姿が発見されたのは納骨堂の中でだった。彼は納骨堂の中の沢山のお骨を守るように、即身成仏《そくしんじようぶつ》と同じ形で、端座《たんざ》したまま、ことされていた——。

小宮は、その話を聞きながら、まざまざと昔が蘇って来るのを感じていた。

「……あれから、四十年ですか……。とても、そんな歳月が経ったとは思えないな……」

「私も、つい昨日のことのような気がすることがあるんです。毎年今頃になると、とりわけそんな気がします」

小宮と彼女が話し込んでいると、車の音がして、住職らしい男が帰って来た。

車のキイを振り廻しながら、

「……ああ、忙しい、忙しい」

と、こぼしながら入って来て、小宮と光を見て、おや、という表情をした。てらてらした顔の、元気そうな中年男である。

「……今の住職です。私の亭主」

笑いながら、彼女は夫を小宮にひき合せた。そして、小宮と光を要領よく紹介する。

「はあ、それはどうも、どうも」

今の住職は、居ずまいを改めて、それらしい口調になった。

小宮は、それをいい汐《しお》に、腰を上げた。

住職は夫婦して門口まで、二人を見送った。

「すこし、風が出て来ましたね」

小宮が首をすくめると、

「西風です。涅槃西風《ねはんにし》という風でな」

住職がいった。

「ほう」

「彼岸前によく吹くんですよ。これで、仏さんたちが目を覚まして、ああ、お彼岸だなと思うんでしょう」

「西方《さいほう》浄土から吹いて来るんですか」

小宮は、ふっとそんなふうに思った。その風に誘われて、墓参をする気になったのかもしれない。


帰るみちみち、小宮は思い沈んでいた。

先立って行った者と、生き残っている自分の、どちらが幸せだったろうか。

小宮が憶えている川口の顔は、ずっと少年のままだ。

（十六か、七だったな。……なんて若かったんだろう……）

川口だけではなく、小宮は、何人もの友達を、戦争の間になくしている。憶えている彼等の顔は、みんな若いままで、ずっと老いることはない。

小宮は、帰りの国電の中で、窓硝子《ガラス》に映る自分の顔をしみじみと眺めた。

くろずんだ顔色、その中の濁った二つの目、禿げ上った額。

小宮は、自分が途方もなく老いたように思えた。

硝子に映る彼の顔のまん中に、気の早い灯がひとつ点いた。そして、ゆっくりと流れて行った。


「お爺ちゃんに買って頂いたの。凄いねえ」

「……だって、約束だもん」

茶の間で、光が、買ってやった釣竿を、綾子に見せびらかしているらしい。

「随分長いのねえ。こんなに長くて、光ちゃん、うまく使えるの?」

「使えるさ。でも、竿だけじゃ駄目なんだよなあ。リールも要るんだ」

「そう。パパに買って貰えばいいじゃない」

「うん。でも、なかなか買ってくれないんだよなあ」

「光ちゃん、今日はお爺ちゃんと、どこへ行ったの?」

「お寺」

「へえ?　どこのお寺」

「知らない」

「面白かった?」

「つまらなかった」

「そうよねえ」

綾子の笑う声が聞える。

「遅いねえ、パパとママは……。どこへ行ったのかしら」

「知らないよ、ぼく」

突然、寒気が襲って来て、小宮は大きな嚔《くさめ》を連発した。

「あら、いやだ。どうしたの?」

綾子が声を上げた。

やはり、コートを着て行けばよかった、と、小宮は思った。額に手を当てると、気のせいか、熱っぽかった。

めがね

三枝《さえぐさ》は、ホテルに着くと、すぐトイレットを探した。

まだ時間の余裕があった。

念の為に小用を済ませ、鏡の前で、服装を点検する。

改まった席に出る前の、いつもの習慣であった。

三枝は恰幅《かっぷく》がいい。髪はさすがに薄くなってはいるが、まずまずである。鏡の中の、黒っぽい背広をきちんと着た姿は、なかなか悪くない。

彼は、内ポケットから櫛《くし》を取り出して、もう一度丁寧に髪を撫《な》でつけた。

その日は、三枝の会社の女子社員の結婚披露の日である。

新婦になる萩原すみ子は、以前から三枝と親しい仲になっていた。いわゆるオフィス・ラブというやつである。

今度、すみ子が結婚する相手は、もちろん三枝ではない。すみ子と同年輩の男子社員である。

すみ子が、それを三枝に打ち明けたのは、二人が情事によく利用するホテルでだった。

三枝は、すみ子の結婚には、反対しない。

すみ子と、そういう関係になって、半年ほどしてから、話が、ふと、すみ子に来た縁談のことに触れた。

「いい話だと思ったら、逃す手はない」

と、三枝は、そういった。それが、三枝の、すみ子の結婚に就《つい》ての初めての公式声明であった。

すみ子は、三枝のその言葉に対して、別に反応を見せなかった。

「君が倖《しあわ》せになれるんだったら、僕は喜んで身を引く」

そういおうかと思ったが、あまり虫が好いような気がして、三枝は、そこまではいえなかった。無責任だとすみ子に責められるかと思ったが、彼女は、それで安心したらしかった。お互いに、その方が都合がいいようであった。

しかし、その時の縁談は流れてしまって、それから、一年近く経った。そして、今度の話である。

いつものように待ち合せて、ホテルの部屋に入ると、すみ子は、伏目になって、

「結婚することにしました」

といった。

三枝はちょっと驚かされたが、

「そうか」

と、頷いた。

「……いい話か」

「解りませんけど、……多分、うまく行くと思います」

「相手はどんな人……」

「会社の、柴田君という人です」

「広告部のか」

「ええ、二課です」

三枝は、その男の名前は知っていたが、顔を思い出せなかった。

三枝は、しばらく黙っていたが、

「このまま帰るかい」

と、すみ子に聞いた。

すみ子は、帰る、とはいわなかった。

その日、結婚という言葉に刺激されて、三枝は、いつもより執拗《しつよう》にすみ子を求めた。すみ子もそれに応《こた》えて取り乱した。内心大いに楽しんでいるようだった。三枝は、舌を捲《ま》いた。いい度胸だと思った。二十代だけれど底の知れないところがある。

三枝は、意地悪く、すみ子の耳にこう囁いた。

「他人の奥さんになったら、また抱いてみたいな」

「知らない」

と、すみ子は、つぶれたような声でいった。そして、乳房を押しつけて来た。

三枝とすみ子が接近するきっかけを作ったのは、眼鏡である。

それまで、三枝は、会社で、すみ子を意識したことはなかった。

人間には、全く隙《すき》だらけというか、不用意な状態があるもので、三枝とすみ子が、会社の廊下で出合い頭《がしら》にみごと衝突したときも、二人ともそんな状態だったようである。真正面からぶつかったわけではなく、双方ともわき見をしていて、気がついた時には、目から火が出たような感じであった。三枝はよろめいただけですんだが、その娘は床に転がっていた。

何秒かは、そのまま、二人とも呆然としていたが、我に返った三枝は、あわてて、娘を抱き起した。

「大丈夫か」

娘は、まだ気もそぞろで、

「大丈夫です。大丈夫です」

と、繰り返すだけだった。

とにかく、ちゃんと立たせてやる。

身体が傾いで、ふらふらする。見ると、靴が片一方、脱げて転がっていた。

「いや、すまん、すまん」

三枝は、その靴を拾って来た。

「すみません」

「いや、僕の方がうっかりしてた。つい、わき見をしてて……、怪我はないかい」

「ありません」

三枝は、片腕で、娘を支えていた。

あまり見たことのない女子社員であった。

娘は、きょろきょろと、なにかを探している。

「どうした」

「あの、……眼鏡が」

その、眩しいような目つきで、三枝は、その娘が、かなり目が悪いらしいということに気がついた。

眼鏡は、無惨な状態で、床に落ちていた。

衝突のはずみで、飛ばされて、片方のレンズが割れていた。地味な、黒っぽいフレームも折れている。

三枝は溜息をついた。

「悪いことをしたな。これでは、とても駄目だ……」

娘は、あきらめたようにいった。

「いいんです。うちにまだ替えがありますから……」

娘はそういったけれども、成行きからいって、三枝がその娘の為に眼鏡を新調してやるというのは、不自然な話ではなかった。

思い立った三枝は、その足で、娘を連れて会社を出た。

「すみません」

と、娘は途中で何度も呟いた。

会社からいくらも歩かない所に、老舗《しにせ》の大きな眼鏡専門店がある。

三枝は、そこで、萩原すみ子の検眼をして貰い、新しいフレームを選ばせた。

初めは遠慮がちに、おずおずとしていたすみ子も、次第に打ち解けて来て、フレームの好みで、三枝に異を唱えた。

三枝が、これがいいんじゃないか、と、出させたのは、かなり思い切った型の、明るい色のフレームである。

「これじゃ、私には派手過ぎますわ」

「そんなことはないさ。今までの黒っぽいのは地味過ぎるよ」

三枝は、その一つを取って、すみ子に掛けさせてみた。派手なデザインだけれども、すみ子の顔立ちは負けていない。ぱっと華やかな感じになって、急に、娘が女になった。三枝は内心驚いた。

「とてもよくお似合いです」

と、店員が、傍から口を添えた。

すみ子自身、男二人からそういわれて、いくらか気が動いたらしい。

鏡に写して、何度も具合を見ていたが、三枝に向って、

「これ、頂いてもいいでしょうか」

と、遠慮がちにいった。

レンズも高級品だったし、その眼鏡はかなり高いものについたが、三枝は満足していた。

店を出て、すみ子と肩を並べて歩きながら、三枝はすっかり若やいだ気分になっていた。

その後、しばらく、三枝は、会社の中で、萩原すみ子を見掛けなかった。それとなく、いつも気をつけていたが、階も離れているし、小さな会社でもないので、なかなか行き逢うこともない。

そのうちに、或る日、昼食をとりに、外へ出ようと、エレベーターに乗ると、途中から、二三人の仲間と一緒に、すみ子が乗って来た。そして、三枝を見ると、こっくりと頭を下げた。普通の社員が上司に対してする礼である。

三枝は、なんだかもの足りないような気がした。

笑顔くらい見せて、

「あら」

とでもいって欲しかったのである。

そこで、三枝は、敢えて自分から声を掛けることにした。

「元気かい、萩原君」

「はい」

すみ子は、仲間の手前をはばかっているように見えた。それに、すみ子の掛けている眼鏡は、三枝が買ったものではなかった。以前にすみ子が掛けていたのと同じ、黒っぽいフレームの大学生のような眼鏡だった。それを掛けていると、すみ子は大学の助手か、環境保護の運動家かなにかのように見えた。

次に、廊下でばったり会ったときに、三枝は、すみ子を強引に誘って、飲みに連れて行く約束を取りつけた。書類を胸に抱えて考えていたすみ子は、きっぱりと、

「伺います」

と、答えた。

三枝は、危ぶんでいたが、すみ子は、ちゃんと約束通りの時間に現れた。

三枝は、すみ子に、結局あの眼鏡は気に入らなかったのか、と、婉曲《えんきょく》に聞いてみた。

「そうじゃないんです。とても気に入ってるんです」

と、すみ子は答えた。そして、例の黒っぽいフレームの眼鏡をいじりながら、

「でも、ふだん、会社では、やっぱりこっちの方がいいと思って……」

という。あまり目立ってしまわないように、地味に、仕事の出来る女、そういうイメージが好きなので、と、弁解する。

「そうか、それも解るけれど、男の社員たちとしちゃ、やっぱり、華やかな女子社員たちが傍

に居てくれる方が、嬉しいんじゃないかね」

三枝がそう穏やかに反論すると、すみ子は、素直に、

「そうかもしれません。多分そうだろうと思います」

と、頷いた。

「……地味にすることに馴れてしまって、……でも、これから、ときどきあの眼鏡を掛けて来ることにします。楽しくて、気力充実なんて日に、あれを掛けます」

そういって、すみ子は微笑を浮べた。

三枝は、手を伸ばして、すみ子の眼鏡を外した。そして、自分の胸のポケットへ挿してしまった。

「手始めに、こうしよう。今はもう仕事の時間じゃない」

すみ子は目を細めて、三枝を見た。

「綺麗だな、君は、……別人のようだ」

これは、三枝の本音だった。

その夜、すみ子は、三枝に抱かれた。

三枝が想像していたより、すみ子の身体はずっと大人だった。厚みがあり、ベッドの中でも、成熟した女だった。三枝は、あの地味な女子社員の外観の下に、こんなにしなやかで熱い身体がひそんでいたのを不思議に思った。

夜おそく、すみ子は、また黒い縁の眼鏡を掛けた女子社員になって帰って行った。よほどそ

の方に目の利く男でも、これがつい今しがたまで男に抱かれていた女だとは思いも及ばないだろう。三枝はそう考えて、舌を捲く思いであった。

三枝の為に用意された席は、新郎新婦の席にほど近いテーブルで、会社の幹部の何人かと一緒である。

三枝は、前もって、すみ子に話を通じて、スピーチを辞退していた。全くのところ、話に困ってしまう。

「新婦は、素晴らしい肉体の持主でありまして、ともいえないしな……」

三枝は、冗談をいって、すみ子に叩かれたが、やはり、一抹の未練はどうすることも出来ない。掌中の珠《たま》を失う、というけれども、まさに、その感があった。これで無事に情事の幕を下すことが出来たという安堵の念はあるけれども、それ以上に淋しさがある。

花嫁姿のすみ子は、美しかった。

晴れの結婚披露宴ということで、新婦は、眼鏡を掛けていない。参会者の多くは、眼鏡を掛けていないすみ子を見るのは初めてのようで、それに驚いたようである。三枝の隣に坐った専務の小田も、三枝の横腹を小突いて、

「萩原君は、眼鏡を外すと、大した美人なんだなあ」

と、賛辞を呈した。

新郎の顔には憶えがあった。背が高くて、いかにも当世風の若者である。

小田は、不謹慎なせりふを呟いて、もう一度三枝の横腹を小突いた。シャンペンやワインが大分廻っているらしい。

「……あんな男にやるのは勿体ないな」

気だるく、センチメンタルな思いが、三枝を包んでいた。

新郎も新婦も、若く、三枝の目から見れば、青臭く、頼りなげだが、その若さだけは、三枝や小田が逆立ちしても手に入れられないものだった。経験や、知恵や、地位を誇っても、若さとは誰も引き替えてはくれない。

三枝は、目を閉じた。

司会者が、なにか流暢《りゅうちょう》に喋って、客たちを笑わせている。

「……では、本日のヒーロー、新郎から、御列席の皆さまに感謝の言葉と、人も羨む美女を獲得するに到りました経緯の一端を、ちょっとご報告申し上げたいと思います……」

拍手が起った。若い男女たちから冷かしの声が掛った。

新郎が立って一礼した。別に場打《ばう》てがした様子もないのは、やはりこの頃の若者なのだろう、と、三枝は思った。

新郎は、それでも神妙に、まず型通りの感謝の言葉を、列席の人々に対して述べ終ると、急にがらりと態度を変えて、

「弱っちゃったな」

と、首をすくめて見せた。どっと笑いが来た。

新郎は、そこで、いささか得意気に、新婦との馴れ初めに就て語り始めた。

「……なんだ、手放しのノロケか。参ったな」

と、小田が呟いた。

「……この頃は、新郎がこんな役までやるのかい」

小田がぶつぶついうのを、三枝は無視した。

三枝や小田のように、いささか旧弊《きゆうへい》な男から見ると、どうかと思われるこの手の趣向も、今どきの結婚披露宴の出席者たちは、結構楽しんでいるらしい。みんなにこにこと耳を傾けている。

「……さて、ここで、ちょっと秘密を洩らしてしまいましょう」

新郎は、いかにも楽しげに、列席者を見廻した。

「……今日は、これから恋愛をし、結婚をしようという方も沢山いらっしゃいます。その方たちへの耳寄りな情報です」

また、若い男女の声が掛けられた。

「ぼくたちの交際は、社内ということもあって、なるべくひそかに行う必要がありました。

そこで、ぼくたちは、デートの為の秘密のサインを考えました。誰にも悟られずに、しかも簡単にサインが送れるいい方法がないものか、ぼくたちはさんざん頭をひねった末に、絶妙の方法を考え出しました……」

新郎は、そういうと、勿体ぶった手つきで、ポケットから何かを取り出した。

三枝は、あっと、思わず声を上げるところだった。

それは、三枝が、すみ子の為に買った、あの眼鏡であった。

新郎がそれを手渡すと、新婦のすみ子は、受取って掛けた。

「この眼鏡が、ぼくたちのデートのサインだったのです」

新郎は、得意気に、列席者を見廻した。

「……彼女は、ふだんは、地味な黒ぶちの眼鏡を掛けていました。皆さんよくご存じだと思います。ただ、ときどき、この眼鏡を掛けて来る日がありました」

あちこちから、ああ、そうだった、とか、そうよ、そういうことがあったわよ、などというざわめきが起った。

「それに気がついた方も、いらっしゃるでしょう。彼女が、この眼鏡を掛けて来るときは、デートしましょう、というサインだったわけです」

笑声と拍手が、しばらく続いた。

三枝は、その中で、苦笑していた。

（……そうだったのか。うまくダシに使われたわけか……）

三枝は、すみ子のしたたかさに感心した。

買い与えた眼鏡が、そんな役に使われていたことには、別に腹も立たなかった。

それよりも、これで、すぱっと三枝との腐れ縁を断ち切ったすみ子の知恵に敬意を表した。

実際、すみ子は、今、知り合う前よりも、もっと遠い存在であった。

蝙蝠《こうもり》

用事を済ませてしまっても、まだ、家へ帰るには惜しいような時間だった。

真野は、思い立って、上野の駅前から、ぶらぶらと、池之端の方角へ歩き出した。

黄昏《たそがれ》の町の灯が、次第に輝きを増して来ている。目を上げると、空には、まだ陽の色が残っていて、高いビルの上は、残照で染められているが、暮色がそろそろと下の通りを領し始めている。

真野は、人の流れのままにゆっくりと歩を運びながら、水の底を歩いているようだな、と思った。

大通りを横切り、土産物屋などが並んでいる一画をさらに入って行くと、すぐ、池のほとりに出る。

花の頃は、大いに賑わった筈の、池のぐるりも、今はかなり閑散としていた。

それでも、会社の帰りらしい娘たちや、犬を連れた近所の老女や、どことなく所在なげな初老の男など、そぞろ歩きの人の姿にはこと欠かない。ところどころのベンチにも、腰を下して、暮れがたの眺めと、水面を渡って来るわずかな風を楽しんでいるらしい人影があった。

真野も、ベンチの一つを選んで、ひと息入れようとしたが、そのベンチの先客の女の横顔に目をとめると、思わず声を上げた。

「おや、恭子さんじゃないか……」

声を掛けられて振り向いた女も、驚いたようだった。

「あら、まあ、真野さん」

女は、彼の友人の梶《かじ》の細君だった。

梶は、真野の大学の頃からの友人で、真野は、戦後に彼等が結婚してからも、足しげく出入りした。泊めて貰うこともあったし、真野が結婚してからは、二組の夫婦で連れ立って小旅行をしたこともあった。そのうちに双方とも子供が出来、忙しくなってからは、電話や手紙で近況を知らせることの方が多くなった。この十数年は、それもごく間遠《まどお》になっていた所である。

それでも、親しさはそのまま残っていて、会えば気易い口のきける間柄であった。

懐かしげに立ち上る恭子を押し止めて、真野は、並んで腰を下した。

「いやあ、しばらくだね。それにしても、なにしてるの、こんな所で……」

そう聞かれて、恭子は、いささかきまり悪げに、こう答えた。

「……なにって、蝙蝠《こうもり》を見てたのよ」

その恭子の答は、真野を驚かせ、彼の心を動かした。

晩春の頃から、初夏、夕方になると、蝙蝠が、ひらひらと飛び始める。それは真野にとっても、子供の頃に見馴れた光景である。しかし、それが、今でもこんな町なかで見られるとは意外であった。

真野は、感心したように呟いた。

「そうか、まだ蝙蝠がいるのかい」

「いるのよ、ほら、気をつけて見ててごらんなさい。飛んでるのよ」

恭子が指差す先を目を凝らして眺めていると、なるほど、ちらちらと、黒っぽい小さな影が、錯覚かと疑うほどの迅《はや》さで目まぐるしく飛び廻っている。

「いるいる」

「いるでしょう」

「本当だ。まだ蝙蝠がいるんだねえ」

真野は、暮れかかる空を透かすようにして、黒い影の行方を追った。

その飛びかたは、鳥に似て、もっと気まぐれである。予測のつかないところがある。

「こういう風情が残っているとは思わなかったな」

真野はいった。

「花の頃に、一度来たかったんだ。それから牡丹《ぼたん》を見に来たいと思って……、どっちもそう思っただけで、見そこなったけれど……」

あたりが、すっかり暗くなる頃、真野と恭子は、近所の蕎麦屋の卓をはさんで向い合っていた。

真野が誘ったのである。

そのまま別れてしまうのも愛想がないような気がして誘うと、恭子は喜んでついて来た。

梶の家も、真野の家と同様、今は夫婦だけになっている。梶は毎夜遅いから、恭子も慌てて帰る必要はないらしい。

真野が、どうせなら妻も呼び寄せようかと、自宅へ電話をすると、細君の牧子はいないようだった。近所に住んでいる娘夫婦の家に行っているのかもしれない。

「惜しいな。居りゃ飛んで出て来るとこなのに。うちのは恭子さんと随分長いこと会ってないだろう」

「ええ、もう、すっかり御無沙汰」

酒が来た。

真野が徳利を取りあげると、恭子は物馴れた手つきで受けて、すいと干した。

「だいぶ手が上ったようだな」

「そうかしら……」

真野も、かなりの呑みすけだが、恭子の夫の梶は、その上を行っている。亭主のお相手をするうちに、どんどん手が上って行ったに違いない。

「……この頃はね。独りでも飲むのよ」

「外でかい」

「うちで」

「おっかないな。うちで独酌してるのか」

「そうよ」

「そういうのを、なんとかいうんだぞ。近頃はやりの……、なんてったっけ」

「なんていうの」

「待てよ。ここまで出かかってるんだ。……ええと、キッチン・ドリンカーか」

「聞いたことがあるわ」

「女の方が、アル中になり易いんだそうだよ。ひまがあるからかな」

「ひまなんてないわ。でも、お酒がいつも手近にあるからかしら。頂きもののお酒も多いしね」

「亭主の酒好きは、知れ渡ってるからなあ」

「でもね、いいお酒はみんな隠しとかないと駄目なのよ。娘夫婦が来て、いいお酒だけ選《よ》って持ってっちゃうの。この頃の娘は、ほんとにこすっからいのねえ」

「息子だって同じようなもんさ」

真野は、恭子との盃《さかずき》のやりとりが楽しかった。相手が女でも、余分な気を遣うこともないし、昔感じた人妻のつややかさは失せたけれど、その分だけ気易さは増している。今なら何を話しても受けとめて貰えるだろうという安心感があった。

「なんでまた、こんな所を歩いてらしたの」

「用足しだよ。駅の近くまで来たもんだから」

「へえ……。でも、お仕事忙しいんでしょ。一人でふらふら歩いてるひまなんてあるの」

「手きびしいね。知合いの爺さんが米寿《べいじゅ》になったんで、お祝いを届けに行ったんだ。そのまま帰るつもりだったけれど、まだ明るいし、このへんは、しばらく歩かなかったし、……あなたこそ、なんで蝙蝠ウォッチングなんかしてたんだい」

「私はついそこの生れですもの。友達を訪ねて、その帰りよ。びっくりしたわ」

「こっちもびっくりしたさ。でも、夏の夕暮に女がひとり蝙蝠の飛ぶのを見ているなんざいい図だね。もうすこし若けりゃ、清方《きよかた》の絵になるところだが……」

「ぶつわよ。……ほっといて頂戴。私だって、ひとりで考えたいときがあるんだから」

「ほう。なんだい。どこかに恋人でも出来たのかい」

恭子は、真野のその軽口に答えないで、目を伏せた。

彼は、自分の言葉が、意外な恭子の秘密に触れてしまったのではないかと、一瞬、ひやりとした。

つぎ穂もないままに、沈黙が続き、真野にとって、その、僅か数秒が、堪えられないほどの長さに感じられて来たとき、恭子が視線を上げて、真野と目を合せた。

驚いたことに、恭子は、目をうるませていた。そして、なんとか笑顔を作ろうとつとめながら、

「……恋人が出来たんなら、どんなに嬉しいだろうと思うわ……」

と、いった。

「……誰かに聞いて貰いたいと思ってたんだけど……」

あとは、やっぱり声が震えた。

「私……、あの人が心配で……」

もとは、一枚の名刺であった。

恭子は、その名刺を、梶の背広の内ポケットから見つけた。

梶は、大酒飲みだが、隠しごとをするたちの男ではない。

そんなことは面倒臭いと思う方である。

だから、着るものも、持ちものも、恭子にまかせっぱなしである。

その、構わない気性が万事に及んでいて、梶には人がついた。恭子も、梶のその気性に惚れ込んだ一人である。口ではぶつくさ文句をいいながらも、梶の身の廻りに気を配るのは楽しかった。面倒の見甲斐のある男であり、恭子はまた面倒見のいい女であった。

その名刺は、梶のかかりつけの医者のもので、他の医者への紹介文が、その医者の筆蹟で書かれていた。

簡単な文面で、それ以上判じようがないが、その医師の手に余る症状の患者を、先輩の大家に委《ゆだ》ねる依頼の為の名刺だと恭子は直感した。そして心臓を摑《つか》まれたような思いに落ち込んだ。

梶は、血圧が高い。しかし、降圧剤はやめられなくなってしまうからといって、使おうとしない。

「そんなものはいらん」

と、受けつけない。だいたいが医者嫌いで、折合いもよくない筈なのに、いつ名刺など書いて貰ったのだろう、と、恭子は不審に思った。彼女に黙って行ったとしたのなら、きっと、なにかの自覚症状があったからに違いないと思った。

梶の会社では、もちろん、定期的に、社員の健康診断を行っている。

ところが、恭子がこっそり知合いの社員に問い糺すと、彼はこう洩らした。

「そりゃ、僕等は仕方なく受けますが、偉い人たちは、なんとか口実を作って、逃げちゃうんですよ。それぞれ、スネに疵《きず》ですから、悪い数字なんか見るのが厭なんでしょう」

そして、

「……サラリーマンは、偉くなるにつれて、お互いに健康状態は秘密にし合うもんですよね。椅子がかかってるんですから、それが当り前なんです」

と、つけ加えた。恭子は、はじめてそんなものなのかと知った。

そういえば、と、恭子には思い当ることがあった。

梶が、ばったりと車を使わなくなったことである。

「面倒になったよ」

聞けば、そう答える。

会社へは、以前から電車で通っていたが、それでも休日には、恭子を乗せてよく外出したものであった。

「車だと酒は飲めないしな。お前、免許を取ったらどうだ」

梶は、そう奨《すす》めたが、恭子は気が進まなかった。結局、車は売られて、娘夫婦が新車に買い換えるときの足し前になった。

そのすぐ後で、恭子は、意外なことを、梶の友人から聞いた。

「梶の運転は、恐いんですよ。この前、川奈へ行ったときに、道路の片側へ片側へと寄って行くんで、冷汗もんだった。当人は眠たかったせいだって、頭を掻《か》いてましたがね。気をつけさせなきゃ駄目ですよ」

恭子が、医者の名刺を見つけたのは、そのまた直後である。

すっかり不安になった恭子が、他人事のようにして、その話を親しい婦人連にすると、推理好きな女たちは、言下に、こう推論した。

「そりゃあ、あなた、きっと脳の障害だと思うわ。この頃、とても多いのよ。早く忠告してあげた方がいいわ。脳のどこかに腫瘍があるかもしれない。脳の障害は、たいてい視覚と運動機能にまず前駆症状が現れるもんですって……」

恭子は震え上った。

何度か、夫に、その名刺のことを問い糺そうとして、思いとどまった。

「……なんでもない。心配することなんかない」

夫は、そう答えるに違いなかった。それが梶の性格だった。

恭子は、眠れなくなった。いつも胸苦しく、考えることは悪い方へ悪い方へと傾いて行く。

隣で正体なく寝ている梶の大鼾《おおいびき》が恨めしかった。酒を飲んでも眠れない。数時間、うとうとするだけで、その間にも、きれぎれの夢を幾つも見た。

「名刺は、そのままなのかい」

「そうなの。内ポケットに入れて、出掛けて、帰って来たときに見ると、そのままなの」

「ふうん。ということは、紹介された先へは行ってないのか」

恭子は頷いて、ほろりと涙を落した。

「ごめんなさい。すっかりお酒がまずくなっちゃったでしょう」

真野は、なにもいえなかったけれど、心はひどく痛んだ。

その翌日、真野は思い切って、梶を会社に訪ねた。

梶は目をぱちぱちさせて、

「なんだ、朝っぱらから」

と、驚いた様子であった。真野が想像していたより、血色もいいし、元気そうに見える。

「だいじな話があったんで、朝っぱらから来たんだ」

と、真野は切り出した。

「だいじな話って、なんだい」

「頼むから、医者に行ってくれ。恭子さんが心配してるんだ」

真野は一歩も退かない心算《つもり》だった。もし梶が渋るようなら、そのまま一緒に連れて行ってもいいと思っていた。

「驚いたな。腕ずくでも連れて行かれそうな勢いだ」

梶は、目を丸くしていたが、やがて、にやにやと笑い始めた。

「参ったな。行くよ、行くよ」

「行ってくれなくちゃ困る」

「解ったよ」

梶は頭を掻いた。

「……実は、昨夜も女房に、膝詰めでやられたんだ」

「へえ……」

「よっぽど思い詰めてたらしい。こっぴどくやられたよ。酒を飲ませたのはお前だろう」

「俺は一本しか飲ませないぞ」

「じゃ、また飲んだんだ。こっちは生酔いだったから、太刀打ち出来なかった。とにかく医者に行く約束をさせられちまった」

「なんだ、……そうか」

真野は、すっかり拍子ぬけしてしまった。

「それならいいんだ。俺の出る幕じゃない」

と、威張ってみたが、どうも恰好がつかなかった。

「とにかく、昨夜は参った。平身低頭だよ」

「そうか、恭子さん、頑張ったな」

「自分の身体をだいじに出来ないってことは、結婚生活だってだいじにしてないってことだわ、そう決めつけられた。ああいう論理もあるんだなあ」

梶は苦笑して、形なしだよ、と、ぼやいた。

「かんじんの身体の方はどうなんだ」

真野が詰問すると、梶は手を振って、

「いやあ、なんでもないの。大したことないの」

と、いかにも面目ないという顔をした。


それから一週間ほどして、或る夜おそく、真野は、梶からの電話で起された。

出てみると、いきなり梶がいった。

「おい、大損害だぞ、俺はひでえ目に会った」

訳が解らずに真野が聞き返すと、電話の向うから梶の高笑いが聞えた。

「冗談じゃないよ。俺は大失費だよ。三週間の、ヨーロッパ・フルムーン旅行だとよ。心配させた罰なんだとさ」

「いいじゃないか、それくらいの罰は受けたって……」

「お前が片棒かついだから、おおごとになったんだぞ。いずれ、ツケは廻すからな」

ひどく機嫌のいい声である。かなり酔っ払っているに違いなかった。

「この夜中に人を叩き起しやがって、医者にはちゃんと行ったのか」

「行ったとも、ちゃんと約束は守ったぞ。俺は男だからな」

「それで、どうだったんだ」

「ぜーんぜんだ。太鼓判だぞ。青天白日だ。ただの疲れだけだ」

「そりゃよかった。おやすみ」

「……おいおい、待てよ。ちょっと待て……」

そして、受話器の向うで、なにかひそひそと押し問答をしている気配があったが、

「……もしもし……」

と、恭子の声がした。

「ああ、よかった。よかったな」

と、真野がいいかけると、

「……ありがとう……」

と、震える声でいって、あと絶句したまま、電話は切れた。真野は、受話器をもとへ戻しながら、ふと、あの蝙蝠たちは、まだ飛んでいるのだろうかと考えた。

ボランティア

森は、明け方に目を覚ました。

カーテンが、朝の光で、僅かに白んでいる。

そんな時間に目が覚めるのは珍しいことだった。

隣では、くみ子が、まだぐっすりと眠っている。健康そうな、規則正しい寝息である。

時計を見ると、四時半だった。

森は、いつも六時過ぎに起きる。

目覚ましの厄介にならなくても、くみ子はちゃんとその前に起き出して、朝食の用意をすませ、森を起す。

夜の間はクーラーを切る習慣なので、部屋の空気が蒸れていた。甘ったるい匂いの中に、女の匂いが混っている。

森は、目覚めて、その匂いに気がつく度に、いつも不思議な思いに囚われる。

彼が、東京に来てから、もう二年経った。

たとえば二年間の単身赴任は、人によっては、気の遠くなるような長さである。家族持ちともなると、余分の出費や、離れていることから来るいら立ちが、絶えず気持をゆすぶり、落ち着かなくさせる。諦めるとか、順応しようとしても、やがて時が来れば帰れることが解っていると、諦めも、なかなかつき難いようだ。

「人間は、習慣の動物ですねえ。それが、しみじみ解りましたよ」

飲み屋でときどき一緒になる男は、そういった。同じ北海道から来て、もう五年になる男である。三年で帰れる約束だったのが、彼の社の都合で、呼び戻して貰えないでいる。

「ぼくは、意地でも北海道の習慣を変えないんです。帰ったときにそのまま向うの暮しに入れるように……」

どういう風にしているのか、森にはよく解らないが、彼はこういう。

「……わが心は札幌にあり、です。ここにあらず、です」

その男は、毎晩、定時に北海道へ電話を掛ける。二度呼出し音が鳴ったところで切り、もう一度掛け直す。二つ鳴らしてまた切る。これが無事のサインである。

「用があるときは、向うが受話器を取ります。でも、めったに出ることはありません」

森は感心した。

「時間に掛けられないときは、どうするんです」

「次の連絡時間が決めてあるんです」

「偉いなあ」

森は、家庭を持っていた時も、そんなことはしなかった。家へ電話するのがなんとなく不安で、掛けなかった。その妻とは、結婚して三年足らずで別れた。子供が出来なかったのは、却って良かったような気がする。

その後、森はずっと独身を通している。ずるずるとそうなっているというほうが正しいかもしれない。いくつか話もあったけれど、あまり気の進むような話ではなかった。

東京行きの籤《くじ》を引かされたのは、もちろん、彼の独身が有力な理由である。森にしてみれば、まあ仕方がないという所だった。

東京に落ち着いて、しばらくしてから、森はふっとあることを思い出した。

前任者の男が、一つの電話番号を教えて行ったのである。

「まあ、いろいろ不便があったら、電話してみるといいよ。相談に乗ってくれるだろう」

彼は意味ありげに、にやにやしながら、その番号を書いたメモを、森に渡した。森は、多分、女を周旋《しゅうせん》する所だろうと察した。

その番号を廻すと、男が出た。森は、前任者の名前を告げた。そうしろといわれていたのである。

向うの男は、森の名前を承知している様子だった。

電話をしてみたものの、森は少々弱った。

先方が、どんな種類の希望を叶えてくれるのか見当がつかない。とりあえず、森は、その男に、通いの家政婦のような女性はいないものだろうか、と、切り出してみた。

男は、うけ合って、早速一人伺わせましょうといった。多分お気に入ると思います。もしそうでなかったら、遠慮なく仰言《おつしや》って下さい。もの馴れた調子でいって、電話を切った。そして、訪ねて来たのが、くみ子であった。

くみ子は、三十くらいに見える。実際には三十五だそうだ。それは後でくみ子の口から聞いたことである。

森は、くみ子を一目見て、おやおやと思った。部屋を間違えたのではないか、と、一瞬思ったほどである。職業的な人を探るような目つきや、切り口上のもの言いは、くみ子にはない。感じの悪い中婆《ちゆうばあ》さんを想像していた森は、ほっとした。と同時に、なんだか落ち着かない気分になった。どうやらその動揺を、相手に看《み》て取られたようだった。

森は、その女と、しばらく話した。彼女は、小村くみ子です、と、名乗った。大分前に離婚して、以来、独り暮しだという。

荒《すさ》んだ感じのない所が気に入って、週に二度掃除や洗濯に来て貰うことに決めた。

狭いマンションのドアから送り出すときに、森と彼女は、身体が触れ合うほど接近した。森は、女の体温を感じたように思った。背は高い方ではないが、胸も尻も豊かで、森は目のやり場に困った。

翌日、森が例の男に電話をして、来て貰うことに決めたと告げると、男は満足そうな声を出した。

「信用して下さって大丈夫です。身もとの堅い女ですから」

という。

「あれくらいの人なら、まだいくらも働き口があるだろうに」

と、森が疑問を呈すると、

「水商売は厭なんだそうですよ。気楽な方がいいらしいです」

男はそういった。

「……念の為に申し上げますが、――さんの所へ来てた人とは別人ですから」

よく気の廻る男のようである。森の前任者の名前を挙げて、気にしないように言い添えるのを忘れなかった。

くみ子は、万事手馴れていて、そつが無かった。

森がいちばん嬉しかったのは、アイロン掛けが丁寧なことである。

最初の日、夜おそく森が帰って来ると、下着やハンカチ類が、綺麗にプレスされて置いてあった。彼は洗濯ものに癇性《かんしょう》なところがあって、乾き具合や、アイロンの皺《しわ》が気になって仕方がない。洗濯屋に出したワイシャツの襟にアイロンの掛けそこないの皺があると、気が滅入ってしまう。その点、くみ子のは、文句のつけようがなかった。

テーブルには、夜食の用意がしてあった。

その日は、遅くなる、と、電話しておいたのである。

電話をしたときに、くみ子が出て、

「はい、森でございます」

といった。すらりとそう答えられて、森は擽《くすぐ》ったいような気がした。われながら少し浮ついているんじゃないか、と、森は苦笑した。

夜食は、けんちん汁であった。うんと熱くして、ひと口吸ってみると、なかなかうまかった。汗をかきかき、それでめしを二膳食べた。すこし食い過ぎたかなと思ったけれど、ぐっすり眠れた。

くみ子が来るようになってから、急に楽になった。身の廻りに気を遣う苦労がずっと軽くなった。日当も、思ったより安くて、森は気をよくした。もっと早くから頼めばよかったと思ったほどである。

くみ子の来るのは、火曜と金曜である。森は、日曜日には自分で洗濯をしたりするので、それ位の間隔で来て貰えばいいと思ったのである。ところが、くみ子が来るようになってから、日曜日の家事は、あまり用がなくなった。マンションといっても広くはないし、持物も多くはない。シャツのボタンが取れても、いつの間にか、ちゃんと付け直してある。森は、日曜日には外出して、あちこち歩き廻ったりするようになった。

くみ子は、昼前に来て、夕方には帰るようだ。部屋の鍵は、管理人に預けてある。森とは行き違いになって、顔を合せることはない。森はくみ子の日当と、他に若干の金をテーブルの上に置いて行く。くみ子は、その金で適当に買物をして、冷蔵庫のなかみの補給をする。メモを置いておけば、欲しいものを買っておいてくれる。ときには、

(鯨《くじら》の大和煮はありませんでした。金曜までに買っておきます)

などというメモが残っていることもあった。下手な字で、それを見たとき、森は思わず笑った。

ある日、関西へ出張する用が出来た。会社が終ってから発《た》って、一泊し、翌日の午前の会議に出て、その足で帰って来るというスケジュールであった。

無事に会議を済ませて、帰りに、駅の近所で土産ものを買った。同僚からの頼まれものの菓子である。包ませてから、思いついて、くみ子の分に、小さな包みをもう一つ追加した。

東京に帰り着いても、まだ日が高かった。会社に報告を済ませて、マンションにたどりつくと、まだ、くみ子のいる気配があった。

「あら、お早かったんですね」

くみ子は、立ち働いていたと見えて、額に汗を浮べている。

「今、お風呂の支度をします」

「ああ」

顔を合せるのは、しばらくぶりである。Tシャツ姿で、頭にスカーフを被っている。そんな恰好が、森にはもの珍しい。

「甲斐甲斐しいね」

無遠慮に見つめられて、くみ子は困ったような様子である。仕方がないというようでもある。

「暑くて、大変でしたでしょう」

「うん」

「どうぞ、お脱ぎになって」

森は、ランニングとパンツだけになった。ランニングも、汗でしめっている。

「それも、お取りになったら」

「うん、でも、具合が悪いな」

くみ子は笑った。

「大丈夫です。すこしは見馴れていますから」

森がランニングを脱ぐと、くみ子は、ハンカチや靴下などもまとめて風呂場へ入って行った。すぐ水を出す音がした。

晩めしは、差し向いで食べた。正直なところ、森は嬉しかった。冷蔵庫の缶ビールをすすめると、くみ子も飲んだ。嫌いではないようであった。

「あまり頂けないんですけど、好きなことは好きなんです」

といって、すこしずつ口をつけている。森はくみ子に、いろいろと喋らせたかった。

「あなたなら、いくらでも再婚の話があるだろうに……、その気はないの」

われながら不器用な質問だと恥じたが、くみ子は、すらすらと答えた。

「その気がないんです。結婚っていうと、なんだかカタくなってしまって、ぎくしゃくしそうな……。重く考え過ぎるのかもしれません。もっと気楽なほうが好きなんです」

笑いながら、そういう。

「まじめに考え過ぎるのかね」

「どうなんでしょう。鼻歌まじりで子供を育てちゃう位タフならいいんだけど。悩んじゃうと思うの。結婚恐怖症なんでしょうか」

「でも、淋しいことはないのかね」

森は、また愚問を発した。いくら面《つら》の皮が厚くなった年輩でも、いささか照れる。相手が、あまり頓着《とんちゃく》しないのを幸いに、図に乗っているのである。

「そりゃ、淋しいんです。いいときばっかり憶えてるから」

くみ子は、そういって、情のこもった笑いかたをした。もちろん、前の結婚のことを指してそういったのだろう。そして、いい終って、ちょっと赤くなった。言葉のきわどさに気がついたのである。

食事のあと片付けが終って、くみ子が帰ろうと腰を浮せると、森は引き留めた。

「風呂に入っていらっしゃい」

くみ子は、森の顔を見て、素直に、

「……はい」

といった。

湯をつかう音をかすかに聞きながら、森は、なるようになるのかな、と思った。

森は、二人の関係を大いに享受していた。なによりも、無責任なところがよかった。

くみ子の身体は、女ざかりというにふさわしく充実していた。受身ではあるけれど、森がどんな要求をしても、応じることが出来た。そして、森がいちばん満足したのは、彼が、女を充分楽しませているらしいことだった。

くみ子も独身だし、誰はばかることもなさそうである。

森の心配は、彼女が或る日結婚を彼に迫るということだった。結婚する意思はないといっていても、そこは女である。いつ豹変するか解らないという気があった。

もし、そんな成行きになったらどうしようか、と、彼は思った。森は、くみ子に大いに惹かれている。身体もそうだが、家事万端、念入りで、投げやりなところがない。

「君は、気持がとても落ち着いてるんだね」

と、森はくみ子にいう。

「そうかしら」

「むらがないんだ」

「その代り、手のろなのよ、なんでも」

「丁寧ともいえる。言葉だってそうだ。身も蓋もないようないいかたをする女の人がよくいるだろう」

「あなたには、気楽でいられるのよ。夫じゃないから……。夫だったら悩んだり、憎んだり、独占したくなるでしょう。そうなれば変ってしまうわ」

「そうなのかもしれないが……」

もし、彼女から結婚を迫られたら、断わり切れるだろうか。森は、自信が持てなかった。

それほど期待はしていなかったのに、東京生活の二年目の終りに、北海道の本社から帰任の内報があった。森は、むしろ驚いたぐらいだった。

くみ子は、ときどき森の部屋に泊るようになっていた。

くみ子は、冗談めかして、彼の腕のなかで、

「ボランティアは、いそがしいわ」

といった。

「なんで、ボランティアだい」

「単身赴任族のためのボランティアよ」

と、くすくす笑う。森は苦笑するが、内心その通りだと頷くしかない。

「楽しんでいるのは、君の方じゃないのか」

「ええ、私、楽しいわ。……あなた、楽しくないの」

「いや、楽し過ぎて、辛い」

「あら、どうして」

「独りになるのが厭になったよ。北海道に帰るのはよそうか」

くみ子は首を振った。

「それは駄目よ」

「どうして駄目だい。ずっとボランティアで、俺の面倒を見てくれ」

くみ子は、森を見詰めて、なにもいわなかった。目がうるんでいた。

森は、確かにくみ子の気持を摑んだように思っていたが、事実は、どうだったのだろう。

その翌日、帰って行ったきり、くみ子は姿を現わさなくなった。

病気なのだろうかと、森は気を揉んだ。

例の男に電話をして、住所を聞こうとしたが、

「どうも、越してしまったらしいんです」

という返事である。

重ねて聞くと、

「なにか、御迷惑を掛けましたか」

と、問い返されて、森は言葉を濁した。

その後、間もなく、森は東京のマンションを畳んで、北海道へ引き揚げることにした。

くみ子とは、結局、連絡の取れず終いである。

羽田で、北海道行きの航空便を待っている間に、森は、例の男が、とうとう最後にそっと洩らしてくれた言葉を思い出していた。

「……どうもね、これは、私の勘ぐりなんですが、あの人は、亭主持ちじゃないかという気がするんですよ。ときどきあるんですが、二年だけ、とか、三年とか、はっきり期限を切って働く人がいてね。亭主が船乗りだなんていうけれども、実は、入ってるんですよね。別荘なんですよ。あの人は家も悪くなさそうだし、確かとはいえませんがね。まあ、男はいろいろなことで別荘へ入りますから……」

搭乗案内のアナウンスが、行先とゲートを告げている。

森は乗客の列について歩き出した。

身軽さも、ときに侘《わび》しい、そんな思いがあった。

三次会

パーティーの会場は、混み合っていた。

冷房は充分に利かせてあったが、それでも煙草の煙と、客たちの発散する熱気と、食べものやアルコールの匂いで、空気が重く、息苦しくなっていた。

「盛大なもんだね」

誰かが耳もとで、そういった。

根津が、振り返ると、初老の男が、酒のグラスを手に、にやにや笑っている。

その言葉が、自分に向って掛けられたのは確かであった。

根津は、もう一度、その男を眺め直して、ああ、と呟いた。

「……きみか」

「覚えていたかね。丸岡だよ」

その男の、初老の顔から、三十年ほどの歳月を拭《ぬぐ》い去ると、その昔の大学生の顔になる。

「やれやれ、これじゃ道ですれ違っても解らんな」

「お前もだよ。お互い大きなことはいえないよ」

二人は顔を見合せて苦笑した。

二人がいる所は、会場の隅の壁際である。

そこは、いくらか人が薄い。

「あんたが一人でいるのを見つけたもんだからね。やって来たんだ」

「ああ、避難して来たとこだ。向うは凄いや。とてもいられない」

二人は、壁際の椅子に並んで腰を下した。

「主賓はどうした」

「さっき、あのへんで取り巻かれていたようだった。晴れがましそうにしていたよ」

丸岡は笑った。その口調で、根津は、はっきりと丸岡を思い出した。いつも人を揶揄《やゆ》するような口ぶりは、学生時代からすこしも変っていない。

そのパーティーの主賓は、根津や丸岡と同期だった男である。角田というその男は、今度再婚した。当人たちにはあまりその気はなかったらしいが、周囲が動いて、盛大な祝賀パーティーになった。角田は評論家として一応名が通っていたが、新しい妻君の方はもっと有名で、ファッション業界では派手な存在であった。どちらかといえば、妻君の周囲から盛り上って、祝賀パーティーということになったようだ。大学の同期の連中の顔もかなり揃っているが、大臣だとか、代議士、経済人、芸能人など、出席者の華やかな顔触れは、主に妻君側の知己友人に属するものらしい。

新しい妻君は、なかなかの美人で、根津が耳にする範囲の噂では、利口な女という評価である。テレビや週刊誌などの受けもいいようだ。彼女の方も再婚である。

根津の感覚からすれば、せっかくの独身生活を棄てて再婚するなど馬鹿馬鹿しいような気がするが、それは根津のように曲りなりにも平和な家庭生活をずっと続けている男のいい種《ぐさ》なのだそうである。一度世帯を持って、その後離婚したり、死別したりで、また余儀なく独身生活に戻った男は、とてもその面倒に堪えきれないのだそうだ。根津の会社の同僚にも、最近再婚した男がいるが、彼も同じことをいった。

「そりゃね、あなた、やりきれたものじゃないよ。つくづく女房ってものは有難いもんだと思ったな。そりゃ、退職して時間をもてあましてるような身分ならいいかもしれないが、せっせと働いている間は、とてもとても」

「そうかな。例えば通いの家政婦とか、いろいろいるだろうに」

「それが面倒なんだよ。飼い馴らした女房みたいな訳にゃとてもいかないんだ。好みってものもあるし、俺なりの習慣ってものもある。それを呑みこませるまでに、こっちがくたびれて気が滅入っちまうよ」

「そういうものかね」

「そういうものなんだ。女房はせいぜいだいじにした方がいいぞ。太平楽を並べていられるのも女房がちゃんといるからなんだ」

「ひとりでホテル暮しでもしたら、気楽だろうと思うがね」

「馬鹿をいえ。俺もいっときその経験をしてるが、二流三流のホテル暮しは、侘しいもんだぜ。一流ホテルなら気分もいいだろうが、それほどの身分じゃなし」

所詮、家族持ちには、独身男の気苦労は解らんよと、その同僚は力説した。ちょっと逆らいたい気分だったが、根津には、残念ながら男やもめの体験はない。そういうものかと思ったきりである。

根津は、ここ数年、ふしぎな心境を味わって来た。夢から覚めたときのような、気だるく、悲哀に似た感情である。これが定年を控えた年輩の勤め人に、共通の心境なのだろうと思う。先のことを考えると、じたばたしなければならない筈なのに、気持の奥深いところでは、足掻《あが》いたところでどうにもなりはしないという虚無感がいつも働いていた。実際に、いくつか方策を立て、心当りや伝手《つて》に当って、ある程度の目算は出来ているが、だから心丈夫であるというところは全くない。彼はときどきテレビの古い戦争映画などを観ているときに、自分自身が、物語のなかの敗走する兵士のように思えた。退却につぐ退却、いのちだけは辛うじて拾ったが、打ちのめされた無力感はどうしても拭い去ることが出来ない。そういう敗軍の兵士たちの心理状態に、たやすく同化出来る自分を感じる。しんしんと戦争映画に見入っている彼を、家族は冷笑するが、画面に登場する兵士たちは、彼にとってごく身近な存在であった。

仕事に忙殺されていた頃は、苦にしていたが、いくらか時間の差し繰りがつく立場になると、根津は、いろいろのパーティーによく顔を出すようになった。顔を出すけれども、彼はいつも、パーティーの人の渦から外れて、そこから客の顔触れや、動きや、話しぶりなどを傍観するのである。酒のグラスを手にしていれば、誰も、彼の存在を怪しむものはいない。ひとり離れて佇《たたず》んでいても、話し疲れてひと息入れているのだろうと誰も思ってくれる。

そんな位置から談笑する人々を眺めているのは気楽でいい。特に、根津は、自分と同年輩の男たちに興味を惹かれた。彼等ひとりひとりの態度や、話すときの表情や、ちょっとした仕草から、彼等が、どんなふうに年を取り、経験を積み、苦労を重ねて来たかを読み取ろうとした。得意や失意、年よりもずっと老けている男、油断のならない顔、話しながらもきょろきょろと絶えず見知った顔を探している奴、相手の話に相槌《あいづち》を打ちながらも全く上の空でいる男、退屈しきっている男。いろいろな男がいた。疲れ果てた男、元気いっぱいに見せている男、飾り立てた男、身なりにまるで構わない男、あたり構わぬ声高な男がいると思えば、相手の耳もとに口を寄せて、息を吹き込むようにして囁く男がいる。

このパーティーの案内状を受け取ったときに、根津は迷わずに出席の返事を書いた。角田とは久し振りということもある。それ以上に、順風に乗っている男の顔を見てみたいという興味があった。美人の再婚相手も是非一見したかった。自分も、角田と、年だけは同じである。もし自分がその立場にあって、富裕で美しい彼女と再婚するとなったらどんな思いがするか、そんな想像をしてみたかったのである。

しかし、会場に足を踏み入れたときから、根津が抱いていたそんな気易さは、どこかへ消え失せてしまった。出席者の数といい、顔触れといい、その豪華さは、根津の想像をはるかに上廻っていて、彼はちょっと淋しい思いをした。どう見廻してみても、その大勢の客のなかで、根津はほんの末座の一人に過ぎないようだった。彼は後悔したけれど、今さらどうなるものでもなかった。受付に置いた祝儀袋のなかみも軽少に過ぎたのではないかと気になったが、却ってそれも身の程に合っているのかもしれなかった。

「つまらんね。実につまらん」

丸岡が呟いた。酒が廻って来たらしく、無遠慮な声で、根津は誰かに聞きとがめられたのではないかと周囲を気にした。丸岡も、ひょっとすると、根津が感じたのと同じに場違いな存在であることを気に病んでいるのかもしれない。

根津は、ふと、丸岡も角田と一緒に、同じ新聞社に入社した筈だったことを思い出した。

「きみは、確か——新聞で、角田と一緒だったんだろう」

「ああ。もっともあいつは、すぐ飛び出しちまったがね」

「ああ、そうか」

「あいつはルーズな男で、どうしようもなかったんだ。俺は随分あいつを庇ってやったよ」

丸岡は自慢げにいった。幾分誇張はあるにしても、嘘ではなさそうだった。

「自分から飛び出して行ったのかい」

「あいつか。居られなくなったんだよ」

「事件を起したのかい」

「まあそうだ。クビになる前に、自分から辞めて、しばらく四国に行ってたんだ。出来てた女のくにが四国だったんだよ」

丸岡は丁度通りかかったサービス係の女に酒のお代りを頼んで、また根津の方へ向き直った。

「……その女は、すっかり角田にのぼせ上っていたが、いい女だったよ。その両親もすっかりあいつが気に入って、家業の会社を手伝えということになったんだな。それで、しばらくは四国で神妙にしてたらしいんだが、その親父が死ぬと、たちまち山林を売っ払って神戸で貿易を始めたらしい。女は反対だったらしいが、うまく説き伏せられて、彼女名義にしてあった山林をつい売って、その金をつぎ込んだんだな」

「ほう」

「それが間違いのもとだった。なにせ素人だから、貿易会社はたちまち手詰りになって、あいつは外国へ行ったまんまで、会社は倒産ってわけさ。女がその後始末で四苦八苦してたときに、やつはパリジェンヌとよろしくやってたらしい」

「いい腕じゃないか」

「いや、別に凄腕なんかじゃない。これは、同じ頃パリにいた日本人から聞いたんだけどね。大柄でのほほんとしてるから、どこか育ちのいい坊ちゃんに見えるらしいんだな」

「昔からそうだったがね」

「そこが気に入られるらしい。特に女にはいいらしいんだ。女は、なんてったって見た目のいい男ならいいんだものな。そんなわけで資産家の金髪の後家さんがすっかりやつに参って、面倒を見てたんだそうだ。その後家さんは、いろいろな方面に顔がきく女で、彼女の引きで、新聞社や通信社にコネが出来て、そういう方の仕事を引き受けて、まあ向うでいくらか重宝がられるようになってたんだ」

丸岡は、サービス係の持って来た新しい水割りのグラスに口をつけた。

そこへ、根津や丸岡とも同期の男がやって来た。今回の発起人に名を連ねている一人である。

彼は二人に笑顔を見せると、

「角田が席を改めて、同期の諸君と祝杯を挙げたいといってるんだ。新婦も来るそうだから、是非出てくれよ」

といった。

「でも、あのお歴々をどうするんだい。差し置いてというわけにもいかんだろ」

と、丸岡が、来賓たちの方を顎で示すと、その発起人の男は、にやりと笑って、

「大丈夫、あの連中は、それぞれ次のお座敷があるんだ。早くそこへ行かなくちゃと、内心じりじりしてるのさ」

といった。そして、二次会の場所を耳打ちすると、忙しそうに人混みのなかに消えた。

「どうする。行くか」

根津が聞くと、丸岡は肩をそびやかして、

「行かないわけにもいかんだろ。やつが気にすると気の毒だ」

といった。

「それで、話の続きだが、あの女史とは、どういう廻り合いなんだい」

「パリさ。日本人のデザイナーが、パリでファッション・ショーを開くとなりゃ、なんてったって向うのマスコミを手なずける必要がある。その手蔓《てづる》を必死に手繰《たぐ》ってった先に、丁度あいつがいたっていう寸法さ。女史の方でも、ちゃんと計算をしたわけで、ただのパリ慕情じゃあないんだ」

「なるほど、そういうことだったのか」

根津はいささか興ざめであった。丸岡はそれを看て取ると、

「どうだい、つまらんだろ」

と、苦笑した。そして、吐き棄てるようにいった。

「……裏話ってのは、こんなもんなんだ」

二次会の席は、六本木にある小さなクラブだった。

会員制のクラブだが、同期の誰かが顔をきかせたのかもしれない。その時間、店は貸切りになっていた。

五十男が十数人も顔を並べると、やはり一種の迫力がある、と、根津は思った。

丸岡は、しかめっ面をしていた。居心地が悪そうだった。

幹事役の男が立って挨拶し、乾杯の音頭を取った。

次に、角田が立って、世馴れた調子で口を切った。

角田は話上手であった。淡々として、聞き辛いところがない。

根津は、その話に耳を傾けながら、改めて深い感慨にとらえられていた。居並んでいる同期の男たちは、三十余年前にたまたま同じ大学に籍を置いたということ以外には、もう無縁に近い。それぞれの人生を、それぞれの才覚で、今まで築き上げて来た男たちである。それぞれが、長い年月の間に、独善的な人生観でしっかりと身を鎧《よろ》ってしまった筈だ。頭数だけの人生観が、暗黙のうちに火花を散らしているような居心地の悪さを感じて、根津は暗澹《あんたん》とした。昔、ほんの数年の間、青春時代をともにしたというつながりだけで、それぞれの間に出来た深い溝は簡単に埋めることは出来ない。

幹事が、何人目かに丸岡を指名して、スピーチを乞うたとき、根津は、ひやりとした。

丸岡が、酔ったまぎれに、角田にからむのではないか、と、気を廻したのである。

丸岡は困っていた。初めは辞退したが、無理に立たされて、そのまま、黙っていた。

丸岡には、明らかにいいたいことがあった。

それが、喉もとまで出かかっているのを、根津は察して、息を呑んだ。それをいってはいけないと叫びたかった。

丸岡は、なんとか自分を抑えようと努めていた。喉がひくひくと動いた。全員が、静まり返って、彼に注目した。

丸岡は、やっと自分を抑え切ったようだった。にやりと笑って、

「……今夜は喉が乾くね」

といって、酒のグラスを取り上げた。静まり返っていた一座は、わっと沸いた。

丸岡は、ひと口、喉をしめすと、落ち着いた声で話し始めた。

「……昔、ぼくたちは、寮で、よくあみだをやったものです……」

やった、やった、と、誰かが呟いた。

「今になって考えてみると、人生は、あの、あみだの籤と同じだというのが、ぼくの結論なのです」

ふうん、と、また、誰かが唸った。

「まだ、ぼくたちは誰もあみだの終点までは着いていない。どれが当りで、どれが外れだったのか、誰も知らない。そして、まだ途中に曲り角がいくつも残っています。当りに近づいているようでも、油断がならない。あみだは、最後の角を曲ってみないと決らないのであります」

丸岡は、もう一度喉をしめして、その先を続けた。

「ぼくたちは、定年の時期にさしかかっています。そろそろ晩年です。自分自身の人生を振り返ってみると、ぼくのは、今まではあまりいい人生とは思えない。正直なところそうです。しかし、まだいくつか曲り角が残されている。ぼくはそれを楽しみにして、それに賭けるつもり

ています。諸君に、当りへの曲り角が残っ
ていることを祈って、乾杯！」

同感の拍手が起った。根津は胸を撫でおろした。丸岡は、とうとういわなかった。いいたく
て仕方がなかったことを、胸に包んだままだった。

根津は、帰りがけに、行きつけの酒場で、ひとりで飲んだ。

「なにかあったみたい」

と、ママの杏子がいった。

「根津さん、いつもと違う」

「なにもないさ」

根津はきっぱりといった。

「だいぶ入ってる」

「入ってるさ。三次会だ。ひとりでやるんだ」

隣の客が、ぽつりといった。

「ぼくは二次会なんです。ぼくも、ひとりでやってるんです」

そして、根津も、隣の客も、黙々と飲んだ。

丸岡もどこかで飲んでいるに違いない、と、根津は考えていた。

北海道空知《そらち》郡美里

小沼が、小料理「まるも」の店へ入って行くと、北井がいた。

小沼の顔を見ると、北井とおかみは顔を見合せて笑った。

「なんだい」

「やっぱり匂ったんだわ」

おかみがいった。

「……今、小沼さんが見えればねえ、って、いってたところ」

「大丈夫、嗅ぎつけて現れるに違いないってね」

北井は、にやにやしながら、

「凄いぞ」

と、カウンターの中を指した。

それに応えるように、板前の男が、籠を持ち上げて見せた。

みごとな松茸だった。

「ほう」

小沼が感心すると、

「お持たせなの」

と、おかみが、北井を目顔で指す。

「へえ……」

「さっき京都から帰って来たんだ。産地直送だぞ」

と、北井は胸を張った。

「それは、それは」

小沼は鼻をうごめかした。

「道理で、匂う、匂う」

小沼がのぞきこむと、火の上では形のいいのが焼けかかっていた。

「フォイルでくるまなくていいのか」

小沼が口をはさむと、おかみが笑った。

「小沼さんはうるさいからねえ」

「直火で焼いてくれって、俺が頼んだのさ」

と、北井がいった。

「俺の分は……」

「可哀そうだから二三本焼いてやってくれ」

北井はにやにやして板前の男を促した。

「どれにしましょう」

籠が差し出された。

「これと、これだ。嬉しいなあ」

小沼の分も網にのせられた。

「かるくだぜ。焦がしちゃ駄目だぜ」

小沼は唾を飲み込んだ。

板前の男も、おかみも、北井も、声を揃えて笑った。

「『パリ、テキサス』とかいう映画は見たかい」

すこし赤くなった顔で、北井が聞いた。

「いや、見てない」

小沼は、その映画を見ていない。

「あたし、見たわ」

おかみが、そう答えた。

「面白いのかい」

「よかった。さめざめと泣いちゃったわ」

「泣く映画なのかい」

「凄くよかった」

「そうか、それじゃ見ればよかった。惜しいことをした」

「どうして」

「いや、京都でね。すこし時間があったんだ。それで、見ようかどうしようか、しばらく迷ったんだが……」

京都で用事を済ませると、予定よりかなり早かった。そのまま駅へ行けば、何本か前の列車にも乗れるのだが、それも詰らないような気がして、北井は町なかをぶらつくことにした。歩いていると、鞄や松茸の籠が、どうも荷になった。そして、見かけた映画館の看板の前でしばらく思案した。たまに映画を見るのも悪くはないと思ったし、主演女優の顔写真に気を惹かれたせいもある。

「なんとかいう女優でしょ。いい女よ」

「なんていう女優だい」

小沼は聞いてみた。

「なんとかいうのよ」

「それじゃ解らない」

「目が大きくてさ、大柄な美人よ」

「ふうん」

「ほら、有名な子よ」

「まるで、雲を摑むような話だな」

小沼は降参した。

「だって、あたし、横文字の名前に弱いのよ」

それもそうである。今さら外国の映画女優の名前を覚えたがる年でもない。

「まあいいや。でも、そんなに可哀そうな話なのかい」

「そうなの。どうしてもうまくいかない夫婦の話でね。身につまされちゃってね」

おかみも、ちょっと目のふちを赤くしている。酒は強い方ではないけれど、すこし飲んでおかないと、夜は寝つけないのだという。そういえば、このおかみの志津子も、何年か前に亭主と別れたくちである。

「どういう話なんだい。俺も見たいような気がして来たな」

小沼が上手に水を向けると、おかみは、その映画の筋を話し始めた。

「とにかくね、一人の男が、砂漠のなかを歩いてるの」

「ふうん」

「髭ぼうぼうでね。もうよろよろなの」

「ははあ」

「そのうちに、ガソリン・スタンドだかなんだかが一軒あって、そこに辿り着いたとたんに、気を失っちゃうのよ」

「へえ、でも、砂漠のなかのガソリン・スタンドなんて、商売になるのかね」

「そんなこと知らないわ。とにかくガソリン・スタンドがあって……」

「男が倒れるのか。どこから歩いて来たの」

「まあ、黙って聞けよ。そうじゃないと、話が先へ進まない」

「そうよ。質問はあとにして頂戴。……それでさ、ポケットを調べると、その男の弟の名刺が出て来て、なんでも随分遠くから弟が飛んで来るの」

「へえぇ」

「弟は、兄さんがとっくに死んだと思ってたんですって。弟夫婦は、その男の子供を預かったまんまで、凄く気を揉んでたのよ」

「なるほど」

「それでさ、弟は、兄さんを、自分の家に連れて帰って、子供と会わせるの。そこんとこなんかいいわよ。いい弟なの。あたしにもあんなやさしい弟がいたらねえ」

「脱線しないでくれよ。話がこんがらかっちゃうからな。それで、父親と子供が対面するわけだな」

「そうなの。男の子なんだけれど、赤ん坊の頃に預けられたまんまで、お父さんとは初めて会うわけよ」

「そうか」

小沼も北井も溜息をついた。

「そりゃ大変だろうなあ」

「大変よ。でも、二人がなんとか仲よくなろうとして、お互いに努力するの。また子供の方も、よく解った子供でね」

「ふうん」

「でも、弟夫婦は、辛いわけね。今まで育てて、わが子同然だった子が、段々と兄さんになついちゃうのを見てると……」

「辛い話だなあ」

「でも、先はもっと辛くなるのよ。その男はね、或る日、蒸発しちゃった奥さんを探しに、弟の家を出ちゃうの」

「子供を連れてかい」

「子供と一緒に……」

「奥さんは見つかるのかい」

「見つけるの。あれはどこだったかしら。どこかの町で、覗き部屋の女になってるの」

「裸になって、なにかして見せるのか」

「裸のシーンはないの」

「なんだ。ちょっとがっかりだな」

「だって、あの女優は、あんまり裸になって見せる女優じゃないんでしょ」

「そうか、そりゃ残念だな」

北井は、本当にがっかりしたような口ぶりだった。

小沼は北井が落胆するのを見て、どんな女優なのか、ちょっと興味をそそられた。

「そんなにいい女なのかい」

「そうだな……」

北井はひとつ唸って、

「……あれとなら、ひと苦労してみてもいい、そう思うような女だよ」

といった。

小沼が、ほう、というと、おかみは、呆れたように、

「北井さんがああいう趣味だとは思わなかったわねえ」

といった。

小沼がもうひとつ解らない顔でいるのを見て、おかみは、こう説明した。

「わけ知り顔でいうんじゃないけれど、ほら、よく、男を骨ぬきにしちゃう女っていうでしょう。そんな感じの女よ」

小沼は、次の日曜日に、わざわざ場末の映画館まで、その映画を見に行った。「まるも」のおかみの言葉に好奇心をそそられたからである。男を骨ぬきにする女とは、どんな女なのだろうか。それに釣られたのである。

小沼の日常の暮しのなかには、そんな表現にふさわしい女は一人も見当らない。会社のなかでも、たまたま行く店でも、彼の家の近辺でも、そんな感じを抱かせる女をついぞ見かけたことがない。結構いそがしい毎日でも、小沼は、その意味ではひどく退屈していた。

といっても、浮気をしてみたいという気持はなかった。実際に女をどうこうというのは煩《わずら》わしくて望むところではない。その点、映画や小説ならば、それに乗じていくら妄想の羽を伸ばしたところで思いの儘である。

その映画の客は、ほとんど若い女で、小沼は少々面喰った。それでも、場内が暗くなると、それも気にならなくなった。

「まるも」のおかみの話のように、砂漠が写って、一人の男が歩いて行く。小沼はその男の顔が気に入って、すぐに自分もその男と同化して行った。いつか自分も、失踪した妻を探す男の気持になっていた。

ところが、小沼を、はっと我に返らせるようなことがあった。

映画の筋が運んで行く中で、主人公の男の持ち物から、一枚の写真が出て来るのである。一見しただけでは、何を写したのか判然としない。ただの空地である。それが、男の買った土地の写真だと説明されたときに、小沼は思わず声を上げそうになった。

男は、その土地に家を建てて、妻子と一緒に住むつもりだったという。その土地のある場所が、男にとって子供の頃の思い出深いテキサス州のパリというあたりである。その映画の題名も、その町の名から来ているのだった。

小沼が驚いたのは、その空地の写真であった。

小沼は、一枚の写真を持っている。

なんという名の草か知らないけれども、丈の高い草がいちめんに茂った原の写真で、とり立てて美しいものでもない。いくらかぼけたような素人写真である。その風景には、特徴というものがない。どこにでもありそうな草っ原である。裏を返して、そこに北海道空知郡美里と書いてあるのを読まなければ、とてもそれが北海道とは思えないくらいである。

しかし、その写真の原は、小沼の土地なのである。

何年か前に、小沼は、古い友人の藤川からその土地を買った。

ということになっているが、小沼は、別に土地を買う気などなかった。

その藤川が、久し振りに訪ねて来たのはいいが、用件というのが金だった。藤川が経営している小さな会社が、商売上積まなければならない金の一部を貸して欲しいと頼まれて、小沼はいやといえなかった。

一応の話を聞いて、小沼は、藤川にその金額を用立てた。出来ない金額ではなかった。

すると、しばらくして、その藤川から電話があって、北海道にある土地を買ってくれないかといって来た。

「うちの土地なんだよ。へんぴな所だけれど、今に必ず値が上る。この間の金で、それを買ってくれると助かる」

唐突な話なので、小沼は狐につままれたような気持だったけれど、聞いているうちに、それも悪くないと思った。

貸したとは言い条、まず返って来るとは思えない金だった。その積りだったから、土地になれば結構である。

「そりゃいいな。買ってもいい。どれ位あるんだ」

藤川は喜んだ。そして、小沼は、三百坪の地主ということになった。

だが、それはあくまで口先きの話で、小沼は半信半疑であった。

古い友人とはいえ、なんの保証もない。夢のような話で、摑みどころがない。小沼は、一旦その話は忘れようと思った。それでも、なんとなく気がかりで、時々それを思い出していた。

利殖に熱心で、そういうことに明るい男が会社にいるので、それとなく聞いてみると、その男は、言下に小沼の甘さを指摘した。

「そりゃ駄目ですね。素人がいちばん引っかかり易いやつだ。それも北海道の奥ですからね」

という。

「でも、信用出来るやつなんだが……」

「諦めた方がいいです。まず手段がないでしょう」

そういわれて、小沼は、いささか淋しい気持になった。

やっと忘れた頃になって、藤川から手紙が来た。

封を切ると、礼状と一枚の写真が出て来た。

礼状には、なにせ北海道の、そのまたへんぴな場所だから、なかなか見には行けないだろうが、貴兄の土地だから、そのうちに是非見に行ってくれ。その時は自分もなんとか同道したい、と書いてあって、せめて写真だけでも送る。手続きも済んでいるし、これが貴兄の土地だ、と追伸があった。

その手紙を受け取って、当座、小沼は満ち足りた気分であった。

空知郡美里というのは、どのへんになるのか見当もつかなかったが、本屋に寄ったついでに、思いついて日本地図を繰ってみると、それは北海道北部の、空知川沿いのあたりであった。

小沼は、北海道へは一度も行ったことがない。

地図で見ると、そのあたりへは、札幌から石狩川沿いに入って行くかどうかするらしい。札幌とか石狩川とか、聞き馴れた地名を地図の上で見ると、小沼の所有地もいくらか現実味を帯びて来るような気がして、彼は地図を眺めながら胸を躍らせた。

藤川からは、その後、毎年一枚ずつ写真が届いた。どれも同じ、ただの原っぱの写真である。

その写真を眺めていると、漠然とした不安が小沼の胸のなかに湧いて来る。

勘ぐってみれば、どこでいつ撮った写真か解りはしない。埼玉であっても千葉であっても、ちっとも不思議はない。それほど、なんの変哲もない原っぱである。

それでも、小沼は、いつの間にかその写真を大切に財布のなかに入れておくようになっていたのである。

「これは、ぼくの土地でね」

と、それを取り出して、誰かに見せる。それを何度考えたことか。


「あの女優、よかったでしょう」

と、「まるも」のおかみはいった。

「よかった、よかった」

と、北井は無条件であった。おかみの話を聞いた翌日に、早速見に行ったそうである。

「骨ぬきになったでしょ」

おかみがいう。

「うん、しかしなあ」

「なにが、しかしよ」

「うん、あの女優の裸が見たかった」

「厭ねえ、裸が珍しい年かしら」

「でも、あれだけの尤物《ゆうぶつ》となるとなあ、やっぱり見たい」

「前に裸になった映画があるらしいわよ」

「そうか、それじゃ探さなくちゃ」

「好きねえ」

「なんてったっけ、あの女優」

「なんてったっけ、紛らわしい名前だよ」

「小沼さんはどう、あんなひととどうにかなってみたいと思う」

「願いたいもんだな」

「家族も会社も棄てちゃって」

「ああ、棄てちゃう」

「嘘ばっかり」

「どうして」

「本当は尻込みしちゃうんでしょ。ぼくには家庭があるから……なんて。ちゃんと解ってるんだから」

「すみません」

北井も板前の男も笑った。

「ときに、……北海道は、いつがいいの」

小沼は、ふっとその気になった。

「そうね。行くとしたら……、秋ね。なんでもおいしくなるし」

「冬もいいよ。北の国はやっぱり冬がいい。いちばん寒いときが……。旅行するのかい」

「うん、まだ一度も行ったことがないんでね」

小沼は財布の写真のことを思った。見せたかったけれど、とうとう自制した。

トラブル

その男は、よく陽灼けした中年男だった。身体にも、顔にも、たっぷり贅肉がついていて、ただ、細い目だけが、その男の、本来の抜けめなさと強引さを感じさせるように光っていた。

身なりや、バッグを見ても、羽振りのよさそうな男である。

キャディーに対するもののいいかたにしても、どこか横柄で、人を顎で使いつけている人間だと解る。

マスター室の前でその男に引き合わされたときに、杉本は、やれやれと思った。連れの倉田も、杉本と同じような気の重さを感じたらしかった。一日つき合うのは少々気骨が折れそうな気がしたのだろう。

といっても、文句もあまりいえない立場であった。一緒に廻る筈だったゴルフ仲間の藤村に、急に都合が出来て、来られなくなったのである。悪いのは藤村で、その男ではない。

彼は、林と名乗った。

倉田と同じくそのコースのメンバーだそうである。お互いに面識はないらしい。杉本はそこのメンバーではない。

倉田のハンディキャップは二十だそうである。林という男も、同じくらい。杉本は、彼等に較べると、ちょっと格下というところだった。

「こりゃ、面白いゴルフが出来そうだな」

林はそういった。そして、倉田とすこしばかり賭けた。林はもっと賭けたい様子だったが、倉田が気が進まない顔をしたので、それ以上強《し》いたりはしなかった。杉本は初めから乗らなかった。

ティー・グラウンドへ歩いて行く途中で、杉本は、倉田とキャディーの会話を聞いた。

「あの人は、よく来るのかい」

もちろん、林のことである。林は、もう一人のキャディーと連れ立って、足ばやに先を歩いている。

「よく見えるわよ」

「そうか。メンバーだっていうけれど、一緒に廻るのは初めてなんだ」

「そうですか」

「ハンディ二十ってのは、本当かね」

キャディーは、首を傾げたが、

「そんなもんでしょうね」

と答えた。

「なにをしてる人かな」

「さあ、なにか商売でしょう。随分手広くやってて、景気がいいらしいのよ」

「ほう、なんの商売かね。土建屋さんとか、不動産屋とか、そういうタイプに見えるが」

「私もそこまでは知らないけど、よくお客さんらしい人を連れて見えてるわ。社長、社長って呼んでるわ。その人たち」

「社長か。社長と呼ばれる人は、東京には百万人からいるっていうからなあ」

「あら、ほんとですかあ」

キャディーは頓狂な声を上げた。


林というその男が、その日の初球を打つことになった。

彼の練習スイングを見ていた倉田は、杉本の耳に、

「ああ、レイト・ビギナーだな」

と囁いた。

確かに、スイングは、ぎくしゃくとして、綺麗なフォームとはいえない。その上、力が強そうである。

「荒れそうなタイプだな」

杉本はそう答えた。

林の第一打は、右へ行った。

彼は、口をへの字に噛みしめて、ボールの行方を見守ったが、

「駄目だ、駄目だ、腕が縮んでる」

と、呟いた。杉本たちの手前、そういったようには取れなかった。自分にいいきかせている

という感じであった。

次に倉田が打ち、杉本が続いて打ったが、みんな右へ行った。

「みんな、仲よく同じ所へ行っちまったね」

倉田が苦笑した。

三人は連れ立ってフェアウェイを歩いて行った。

ティー・グラウンドは、木に囲まれていたけれど、フェアウェイには朝の陽射しがいっぱいに当っていて、早くも、むっと水蒸気が立ち上っている。

そのホールは、倉田と林がボギーで上り、杉本はもう一打かかった。アプローチが短か過ぎたのである。

「朝いちばんとしちゃ悪くない」

杉本がいうと、倉田は、

「惜しいとこだった。アプローチのミスがなけりゃボギーでいけたぜ」

と、杉本の為に惜しがった。

杉本は、ボギー・ペースでずっと行くつもりであった。倉田にもそういわれていた。もしボギー・ペースを保って、そのうちひとつパーを取れれば、初めて九十を切ることが出来る。それは、杉本の最近での大目標であった。

杉本は、かなり飛距離の出る方である。学生時代にテニス部にいたせいか、リストが強いし、足腰にも自信がある。打球が安定しないのは練習不足のせいだが、ちゃんと当ってくれさえすれば、キャディーも驚くようなボールを打つ。

「とにかく、朝のうちは、肩と膝をうんと使うようにしろよ。手打ちを避けろ」

倉田は、しきりにそういう。

確かにその通りで、手打ちがミスの原因になっていた。最初のアプローチがそうだったし、その後も三つ四つ、ミス・ショットに近いのがあった。それでも、杉本は、なんとか続くホールをずっとボギーで上って行った。

倉田は、杉本にそう助言しながら、自分の方はかなり悪戦苦闘を続けていた。

林も同様であった。スコアは、三人ともほとんど変らないようだった。初めのうち、助言を与えていた倉田も、だんだん口数がすくなくなり、林の方も、考え込んだり、しきりにスイングを繰り返して、フォームを点検しては首を傾げていた。

何番目かに、比較的楽なホールがあった。プロなら、バーディーを狙うホールである。

「よし、ここからいちばん、ラッシュを掛けようぜ」

倉田が杉本にいった。

「林さん、ぼくらは、揃ってパーで上りましょう」

「よし来た」

林はハンカチで額を拭いながら答えた。大汗かきらしく、もう、シャツが肌に貼りついている。

身体の方がやっとほぐれて来たようで、倉田はなかなかいいスイングで、ボールをフェアウェイのまんなかへ飛ばした。

林の方も、負けずに飛ばした。かなり右へ寄ったが、位置はその方がいい。

杉本の打球は、左へ行った。一瞬ひやりとしたが、O・Bの杭までは行かないで済んだようである。

杉本の第二打は、ラフからだった。

まあ、近付けばいいや、と思って打った三番ウッドが、その日一番のいい当りをして、いい位置へボールが止った。

そのホールは、三人ともパーで上って、御機嫌であった。

「今のパットは凄かった」

と、倉田は、林のパットをほめそやした。

「五メートルを、ねじ込んだからね」

倉田は、掛け値なしに、感嘆した。

「気迫がこもってた」

「いやあ、幸運でした」

林は照れ臭そうに笑った。笑うと、すっかり人の好さそうな顔になる。それが印象的であった。本当に嬉しそうである。

「林さんは、しんからゴルフが好きなんですね。見てると、よく解る」

「そうですか」

「見てて、気持がいいほどです。打ち込んでるというのかな。それが伝わってくる」

「そうですか」

「珍しいな。一打一打、これだけ集中してる人も珍しい。たいていは、もっとちゃらんぽらんなプレーをするもんです」

「そうかな」

林は、倉田のその言葉を聞いて、笑ったが、杉本の気のせいか、その笑いには、苦笑とも自嘲ともつかない苦いものが混っているように思えた。

「いやあ……」

林は、なおも照れ臭げに、ハンカチを丸めながらいった。

「お恥かしいが、夢中なんですよ。……こんなに面白いものがあるとは、この年になるまで気がつかなくてね。他人が夢中になってやってるのを散々馬鹿扱いしてたんですが、いざ自分でやり出してみると、すっかりのめり込んでしまって……。紳士のスポーツなんてものは、とっても性に合わないと思ってたんですがね」

林は、ひどく殊勝な顔でそういった。その朝、初めて顔を合せたときの、横柄な、感じの悪い男という印象とは、まったく別な、素直で、正直な男の顔を見せられて、倉田も杉本も、いささか意外であった。

倉田は生一本な男なので、林のそんな様子に、すっかり気を許したようであった。杉本も、悪い印象が帳消しになったような気がした。

日が高くなるにつれて、身体もほぐれ、気分もすっかりほぐれて、三人は冗談口を叩き合いながら、ゴルフに精出した。


ハーフを廻って、三人は、昼食の為に、クラブハウスに戻った。

「どうです、ビールいきませんか」

倉田が誘うと、林は、すぐに乗った。

冷たい生ビールが喉を下りて行く感触は、堪《たま》らない。林の細い目は、いっそう細くなった。

満足げに、太い溜息をついて、三人は椅子のなかで反り返った。

「これだからゴルフはやめられないな。え」

と、倉田が杉本にいった。

杉本も、にんまりして、

「会社も女房も糞喰《くそくら》えという感じだな。……ね、林さん」

と、林に笑い掛けた。

林も、無条件に頷きながら、またジョッキを取り上げ、一気に残りを飲み干した。

そして、どういう積りなのか、改まった口調で、

「世のなかには、こんなに楽しいこともあるんですな」

と、呟いた。

「なんですか、急に……」

倉田も杉本も笑った。林もにやにやと、照れ笑いをした。

倉田も杉本も、夏の疲れのせいで、食が細っているのに、林の食欲は、二人があっけにとられるほどだった。汗を拭き拭き、そのクラブハウスの名物の大とんかつの定食を、しかも飯のお代りまでして、綺麗に平らげてしまったのを見て、二人は声を上げた。

「凄いもんだな」

「生命力の強さを感じるね。われわれもこうでなくちゃ……」

二人の顔を見て、林はけろりと、

「いや、根っからの大喰いで、自慢にもなりません」

といった。

そして、

「ちょっと失礼、電話を一本掛けて来ます」

と、席を立った。

午前の結果は、悪くなかった。杉本は、ショートホールで、まぐれともいうべきパーを拾っ

て、ボギー・ペースより一つ少い四十四をマークしていた。倉田と同じスコアである。

「こりゃ、意識しそうだな」

「駄目駄目、そんな弱気じゃ……。午後も同じで上ってみろ」

倉田はそういって、杉本の尻を叩いた。

午後のスタートの前に、杉本が小用を足しに行くと、便所で林の姿を見かけた。杉本に気がつかないようだった。黙然と前の壁を眺めたまま、用を足している。その、放心したような横顔を見て、杉本は、変った男だなと思った。愛すべき性格の男らしいが、どこか捉え難いところがあるような気がする。つい今しがた、顔をつき合せて飯を食っていたときとは別人のような、疲れて、生気のない表情を浮べている。杉本は、つい、声をかけそびれて、早々に出て来てしまった。

午後のラウンドも好調は続いた。杉本は弾む気持を抑えるのに苦労した。

途中で一つ落したが、それでも充分九十を切る望みはあった。

そして、一ラウンドを終る一つ手前のホールまで来て、杉本は、とうとう痛恨のショットをしてしまった。

第一打のドライバーを、大きく曲げてしまったのである。

大きくスライスしたボールが、あっという間にO・Bラインを越えて、遥か森の彼方に消えて行ったとき、彼は泣くに泣けない思いを味わった。

一度崩れると、急にフォームに自信が持てなくなって、そのホールは、ミスを連発した。

結局そのホールで九つ叩いて、九十を切るという夢は、たちまち消えてなくなった。

最終ホールも、トリプル・ボギーでやっと上る始末だった。

なぐさめた倉田も、杉本につられたのか、調子を乱してしまった。

林だけは、最後まで頑張った。口もきかずに、自分のボールに集中していたが、その林も、最後のアプローチで、グリーンを遥かにオーバーして、天を仰いだ。これもO・Bだった。

「こういうこともあり……か」

林はがっくりと肩を落して呟いた。

三人とも、急に三つ四つ老けたような顔になっていた。どっと疲れが出て、シューズが足枷《あしかせ》よりも重く感じられた。

「やれやれ、いけませんでしたね」

倉田が取りなすようにいったけれど、杉本は、口惜しさでふくれっ面をしていた。林も力のない笑い顔を見せたきりだった。

もう半ラウンド廻ろうか、とは、誰もいい出さなかった。

三人が、風呂から上って、食堂でまたビールを飲み始めたときに、フロントの男が彼等のテーブルにやって来て、林に耳打ちをした。客が来ているといっているらしかった。

林は、顔をゆがめて、フロントの方を眺めた。

彼等のテーブルから、丁度見通せるあたりに、背広姿の男が二人立っていた。二人とも険しい顔つきで、こっちを見ていた。なにかただならない気配であった。

「失礼」

林は、立って歩いて行くと、その男たちになにか話し掛けた。ふたことみこと話すうちに、険悪な空気が流れ、男たちの一人が、林を小突いた。林がなにかいい返した。呼びに来たフロントの男が、あわてて止めにかかった。

倉田と杉本は、顔を見合せた。

「なんだい」

倉田は立ち上った。

杉本も立った。

二人してフロントの所へ出て行くと、男たちにはさまれた林が、杉本たちを見て、手で制した。

「いいんです。どうぞ」

「どうしたんです」

「いや、別に。仕事の上のトラブルで。どうぞお引き取り下さい」

気がつくと、玄関のドアのところにも、別の男がいた。ドアの外には、車が横付けになっていた。

そして、全く、あっという間に、林は、男たちに囲まれて、待っていた車に押し込まれ、そのまま連れ去られてしまったのである。

「なんだい、あの連中は……」

倉田が問い糺すと、フロントの男は首を振った。

「さあ、よく解りませんが……、債権者だといってました」

「サイケン……、ああ、債権者ね」

「あの方がいいんだとおっしゃいますし、ですから、敢えてお止めしなかったんですが……」

「なにか、会社に不都合でもあったのかね」

「さあ……」

杉本の隣に立って一部始終を見ていた男が、野太い声でいった。

「よくあることさ。でもなあ、ゴルフ場でやるこっちゃねえよな」

その、頭を短く刈った暴力団の幹部風の男は、そう言い棄てて、また爪楊枝《つまようじ》をくわえ直すと、食堂へ入って行った。

倉田も杉本も、テーブルに戻った。

テーブルの上には、林が飲みかけたままのジョッキがあった。

倉田は、そのジョッキの泡を眺めていたが、

「知っていたのかね、あの男」

と、杉本にいった。杉本も、その意味がすぐに解った。

「多分、そのつもりだったんだろう」

　すると、倉田は感慨深げに、

「倒産したんだかなんだか、とにかく土壇場になってゴルフがしたくなった気持、解るような気がするな」

　と、いった。

　杉本も、それと同じことを考えていたところだった。

露の街

「……そういえば、ゆうべ、あの人が見えましたよ」

庖丁の手を動かしながら、常さんがいった。

「あの人、じゃ、解らないよ」

津田が笑うと、常さんは手をとめて、

「……ええと、ほら」

と、一瞬、宙を睨んだ。

「そうそう、杉江さんだ」

「杉江さんが……、珍しいね」

「ほんと。しばらく見えなかったんですよ、なあおい……」

常さんは、丁度顔を出した女房のお京に、相槌を求めた。

「そうなんですよ。ほんとにお久し振り」

お京は、そう答えながら、盆の湯呑みを差し出した。

「そうか……、あれッ、もうあがりかい、お京さん」

お京はくすっと笑った。

「ええ、もう、ちゃんと二本お飲みになりました」

津田は口をとがらせた。

「どこへ入っちゃったんだろう。まるで飲んだ覚えがねえぞ」

お京は嬉しそうに笑った。

「ほら、やっぱり駄々を捏《こ》ねるんだから、津田さんは……」

「だってさ、ホロリともしないぜ」

「いいわ、それじゃ、もう一本お付けしましょうか」

「そうねえ……」

津田は顋を掻いた。二本以上飲ませてはいけないと言いつけたのは自分である。

「やっぱり、やめとこう」

「はい。偉いのねえ」

「頭でも撫でてくれるかい」

蔭で、ぷっと吹き出すのが聞えた。

「誰だ、笑ってるのは……、新ちゃんだな」

「へい、すみません」

この店の若い衆である。笑いながら顔だけ出して、ぺこりと頭を下げる。

「いらっしゃいまし、おや、いいお顔の色で……」

そのまま、すっと首を引っこめて、向うでくっくと笑っている。

「……口の減らない野郎だ。なあ、お京さん」

「お客さまに仕込まれるもんですから」

お京は、和服がよく似合う。津田がこの鮨常《すしつね》に通うようになってから、もう十年になる。その頃にくらべると、いくらか老けたが、その分、風格も増して見える。

「お京さん、また太ったんじゃないか」

「あら、そうですか」

常さんが横から口を出した。

「……こいつ、体重秤《たいじゅうばかり》を壊しやがってね」

「へえ」

「嘘ですよ。嘘。自然に壊れたんですよ」

「そうじゃねえよ。お前が乗っかったから潰れたんだろ。踏み潰しちゃがんの」

「寿命だったのよ。運悪く私が乗ったときに壊れたんですよ」

「めりめりといったからね。凄いもんですよ」

「厭ねえ、人聞きが悪い」

「悲鳴をあげやがったからね。こっちはびっくりしちゃった。可哀そうなのは秤の方なのにね」

お京は擽ったそうな顔で説明した。

「お風呂上りでね。タオル一枚でしょう。亭主はいいけれど、新ちゃんまで飛んで来るし、恥かしいったらないの」

「俺も呼んで貰いたかったな。この次は頼むよ」

「およしなさいよ。幻滅ですよ」

常さんが目をつぶって見せた。

「それよりも、新ちゃんたら、憎いんですよ」

お京がいった。

「どうして」

常さんは天井を向いて笑った。

「お前、おかみさんの裸よく見たかって聞いたらね。よく見ましたけど、もういいですって」

津田は高笑いして、お京に睨まれた。

「まったく恥かしいったらありゃしない」

秤の話におちがついたところで、お京はふっと思い出したようにいった。

「それにしても、杉江先生、お痩せになったみたい」

「ほう」

「……どこかお悪いんじゃないかしら」

「そんなことはねえさ」

常さんが打ち消すようにいった。

「……やっぱり二枚目ですよ。役者さんは違うねえ、とてもお年にゃ見えないや」

「……でも、私、どうも杉江先生は具合が悪いんじゃないかと思うわ。顔色も冴えないし

「……」

「そうかい」

「私、なんだか気になるわ。だって……」

お京は、言いかけて、あとは呑み込んでしまった。常さんが目顔で用を言いつけたからかもしれない。すっと裏へ廻って新ちゃんになにか伝えている。

「役者さんってのは、違うもんですね」

「杉江さんかい」

「ええ。ただそこに坐ってるだけで、なんとなく素人とは違うんですよ」

「どう違うんだい」

「そう、決ってるっていうのか、雰囲気がね」

杉江というのは、古い俳優で、テレビや映画などでよく顔を知られている。鮨常にもときどきふらりと現れて、酒を飲み、鮨をつまんで行く。津田も何度か居合せて、顔馴染みであった。

なにせ鮨常は小さな店で、せいぜい六七人しか坐れないので、勢い客同士話を交すことも多い。心得た客同士なら、小さな店独特の親密さが味わえるので、それを楽しみに来る客もいた。

その種の客は、みんな独りで来るか、連れがいても、ごく気の置けない相手を連れて来る。厭でも話は筒抜けだから、仕事の打合せや隣の客の耳に逆らうような野暮な相談は自然はばかるのである。

杉江も、いつも独りであった。さすが往時二枚目で鳴らした俳優だけあって、人目を惹くのだが、当人はごく控え目に、むしろ肩を窄《すぼ》めるようにして、他の客の間にうまく融け込んでいた。その昔はかなりの酒豪だったようだが、今は、せいぜい徳利一本か二本、好物の握りも、数はほどほどで、それを静かに堪能しているという風だった。

津田は、杉江が盛んに映画に出ていた頃、よくそれを観ている。面長で、端正な顔立ちは、この頃のはやりではないが、津田がまだ中学生だった頃、大いにもてはやされたものである。ブロマイドの売行きの順位も、常に、五指のうちに入ると聞いていた。派手なゴシップもいろいろと伝えられて、その頃津田がひそかに憬れていたある美人女優も、そのなかに名があげられていた。彼は、中学生の純情を踏みにじられた思いで、その女優より、相手に擬せられた杉江を恨んだ。

切れ長の目をして、どこか煙ったような表情の、その美人女優は、やがて杉江とは切れたらしく、今度はある実業界の男との間を噂されるようになった。なんでも、それには、所属する映画会社の思惑が搦《から》んでいるらしいということが雑誌などに書き立てられたので、津田はますます憤慨して、それまでとは逆に、むしろ杉江に同情したい気持になった。

しかし、中学生の好みなどというものは、猫の目よりも変り易いもので、津田も、たちまち外国映画の女優に目移りがして、杉江とその美人女優のロマンスなど、どうでもよくなってしまった。グレタ・ガルボとかディートリッヒの強烈な魅力にくらべれば、日本の女優の淡い色気は、どうしても印象稀薄にならざるを得ない。

津田の飲み仲間の野村も、同じ年頃のせいか、同じような憬れの経験を持っている。二人が飽きもせずに、戦前に観た洋画の思い出話をやっていると、鮨常の常さんは、感心したように首を傾げて、それを聞いている。

「そうですか、ガルボってのは、そんなにいい女だったんですか」

「そりゃ、あなた、なんてったって、ガルボの前にガルボなく、ガルボの後にガルボなしってくらいのもので、神聖ガルボ帝国なんて言葉があったもんです」

野村が得意になって弁じる。

「どういうふうに、いい女なのかねえ」

「とにかく、絶品なんだ」

「うちのかみさんみたいなのかな」

「そりゃ、お京さんもいいですよ。でも、お京さんは別嬪《べっぴん》だが、ガルボは絶品。別嬪と絶品はちょっと違うんだねえ」

「あら、どう違うのかしら。ちょっと伺いたいわ」

お京もまじってわいわいやっていると、その時、隣合せた男が、ふっと口をきいた。

「ガルボねえ……」

それだけしかいわないのだが、すこぶる情感のこもった調子だったので、野村も津田も、いい気分になった。

「あれ、杉江先生、すっかり目尻を下げちゃって……」

常さんが目をむいて見せた。

「……こりゃ強力な味方が現れたな。先生もガルボ党、へーえ」

「そんなによかったんですか、先生」

お京が聞いた。

「恋いこがれたもんです」

「あらまあ。口惜しいわね。それだけ男性の人気をひとり占めしちゃうなんて……。ねえ、どんな女なんですか」

杉江先生と呼ばれたその客は、すこし酔いが廻っているらしい機嫌のいい顔で、目を細めていった。

「どんな女かって、そりゃとても、口じゃ尽くせない、ねえ……」

同意を求められて、野村も津田も、

「ねえ……」

と、口を揃えて、それに和した。

津田が、長いこと忘れていたスターの杉江を思い出したのは、その時だった。津田は、昔のことに就て、杉江にいろいろ質問をしてみたい衝動に駆られたが、初対面でもあったし、遠慮することにした。

その後、何度か杉江と顔を合せることがあっても、やはり遠慮が先に立って、あれこれ聞きただすことは出来なかった。杉江の様子に、身の上話をはばかるようなところが見受けられたし、敢えて口を切るだけの好奇心もなかったのである。杉江は、ごく自然に他の客と打ち解けて、他愛のない話に興じてはいたが、自分の廻りに線を引いて、巧みにそれを守っているように思われるところがあった。それは長い間に身につけた俳優の処世術なのかもしれないし、どこかしら水臭いようなところが、杉江を俳優らしく見せているのかもしれない。津田は、いち早くそれを感じ取っていたので、却ってつき合い易かった。

津田は、杉江と世間話をしていて、ときどき奇妙な感慨に囚われることがあった。中学生の頃、映画で観ていた杉江の顔と、現実の杉江が重なって、過去とも現実ともつかない不思議な時間のなかを漂い始める自分を感じるのである。

酒の力もあるのだろう。

いつか自分は中学生に還《かえ》って、映画館の客席に独り坐っていて、目の前のちらちらする黒白のスクリーンに、杉江が納まっている。

そして、画面のなかから、長い杉江の顔が客席の自分に向って話しかけてくる。気がつくと、画面のなかには、かつて彼が憧れた美人女優もちゃんと居て、もの思わしげな目つきで、彼を見ているのである。そんな晩は、津田はかなり酔っていた。

珍しく杉江が現れたと聞いた日から、かなり経った。

津田も鮨常には長い御無沙汰だった。

勤め先の会社から出張を命じられて、カナダへ行ったのである。新しい合弁会社の可能性を打診する為で、気骨の折れる仕事だった。

ついでにアメリカの支社などを廻ったりしたので、かなりの大旅行になった。

その旅の終点のニューヨークで、津田は意外なニュースに出会《でくわ》して、驚いた。

日本から届いた新聞の小さな記事だが、それは、往年の美男俳優杉江修一郎の死を報じたものだった。

記事には、小さな顔写真が添えられていた。

杉江の全盛時代の頃の若々しい写真で、かつてのスターの死を報じるときには、それが慣習なのかもしれなかった。

帰国の夜、津田は成田に着くと、迎えの社員と別れたあと、車を鮨常に向けさせた。

鮨常の店には先客が居たが、入れ替りに出て行った。津田の知らない顔だった。

「お帰んなさい。いつお帰りでしたか」

常さんは、津田の顔を見るなり、そういった。

お京も飛んで出て来た。

「お帰りなさいまし。……お聞きになりました」

「聞いた。杉江さんだろ」

「ええ」

「驚いたねえ」

「私もびっくりしちゃって……、だって……」

常さんとお京は、夫婦して葬儀に参列したそうである。身寄りは、地味な感じの老婦人で、杉江の姉と名乗ったという。

確かなことは解らないが、杉江は、かなり以前から具合が思わしくなかったらしい。

「最後に見えたときも、もしかしたら、病院からだったのかもしれない」

お京はそういう。なんでも一度入院したのに、自分から出て来てしまったという話だそうである。

「あんな所は辛気《しんき》臭くて、とても居られないと仰言ってたそうですよ。我慢ならなかったんでしょうか」

「さあね」

「それにしても、急でしたね」

と、常さんがいった。

「うすうすは感じてらしたのかもしれないわ」

と、お京はいった。そして、

「ねえ」

と、亭主に同意を求めた。

「なにか、それらしいふしがあったのかい」

と、津田が聞くと、常さんは、

「なあに、今になってみりゃ、そんな気がするってだけのことですがね」

と、前置きをして、

「あの晩、ちょっと気になるようなことを仰言ってたんですよ……」

と、話し始めた。

その夜、いつもの決りで、杉江は酒を一本付けさせて、ゆっくりと飲みながら、握りを註文した。

丁度、杉江の好物のこはだの新子《しんこ》が入っていたので、黙って握って出すと、杉江は相好を崩して喜んだ。そして、食べ終ると、また、新子を、と続けて註文した。

「うまい、うまい、と仰言ってねえ」

「私が、そんなにおいしいかしら、私はトロの方がずっといいわ、なんて、余計な口をきいちゃったんです。そしたら、お笑いになってね。ぼくは若い頃からこれが好きでね、と仰言るの」

お京があとを引き取って、そう続けた。

「別に気になることもないじゃないか」

「そのあとなんです。帰りがけに、新子に間に合ってよかった、って、そんなことを、ぽろっと仰言ったの。意味ありげでしょ。……それがあとあとまで気になっちゃってねえ」

「ふうん……」

「やっぱり知ってらしたんじゃないかと思って……、自分の身体ですもの」

「そうかもしれないな」

「……この人にそれをいったら、怒ったんですよ。女の当て推量で、妙なことを言い触らすもんじゃないって……。だから、この前津田さんが見えたときも黙ってたんですけど」

「そういえば、なんだかもごもごと、なにか言いたそうな顔をしてたっけ」

津田は、その夜の、夫婦の奇妙なやりとりを憶えていた。そうか、そういうことだったのか、と、合点が行った。同時に、一日違いで杉江と会えなかったのが残念に思われた。

「お京さんたちはいいよ。それと知らずにだが、お別れが出来たんだものな。おれは会えずじまいだもの」

「そういえば、津田さんは見えるかって、聞いてらしたのよねえ」

「会いに来るかもしれないぜ。ここに坐ってると、からからとそこの戸が開いて……」

「よして下さいな。私、そういう話に弱いんですよ」

その時、偶然のように戸が開いたので、お京は飛びあがった。

ぬっと顔を出したのは野村だった。

店のなかをちらっと見て、津田を見つけると、声を上げた。

「おう、お帰り」

「うん」

「いらっしゃいまし、こちらへどうぞ」

常さんがすすめる席に腰を下すと、野村はお絞りで顔を拭きながら、陽気な声でいった。

「凄いね。一面に夜露がおりてるよ。水を撒《ま》いたみたいだ……。おや、お京さん、どうした」

お京はまだ青い顔をしていた。

剃刀《かみそり》の刃

泉は、駅の傍の駐車場に車を預けた。

たか子を訪ねるときは、そう決めている。

目立つことを、なるべく避けたいと思っているからだ。

その私鉄の駅から彼女の家までは、歩いて三分ほどである。

無事に、なるべく永続きさせたい。

泉は、たか子との関係について、そう願っている。

われながら虫がいい、と、泉は思っている。思ってはいるが、仕方がない。行きつくところまで行こうと思う。それよりも、当面、彼女を失うことの方が恐い。

正直なところ、泉は、たか子に深く惹かれていた。人妻らしい艶《つや》といい、濃《こま》やかな反応といい、今、盛りの頂点にいる、という感があった。

たか子に夫がいるということも、泉を熱くさせる理由になっている。

彼女の夫は、技術畑の秀才だそうである。

勤めている大手の化学製品の会社から派遣されて、パリの近郊にある研究所にいるが、かなり重用されているらしい。

「まだ若いけれど、ノーベル化学賞クラスの扱いらしいですよ」

それとなく聞いた先の商社員は、泉にそんなふうな報告をした。

たか子は、フランスに同行しなかった。夫の判断である。息子の進学のことを考えると、フランス住まいは不利なのである。在留日本人の子弟の為の学校も出来てはいるが、やはり東京にいるようなわけにはいかないらしかった。

たか子の方も、一度はパリ住まいでも体験してみたかったところだったが、安心して息子を頼める先も思い当らなかったし、夫の出した結論に従うしかなかった。

夫が向うへ行ってから一年も経つと、たか子は、自分が未亡人になったような気がした。心細さが昂《こう》じて、彼女は、一度パリまで夫の顔を見に出掛けて行った。そして、臨時の休暇を取った夫と、パリを手始めに、十日間のヨーロッパ旅行を楽しんだ。

帰って来ると、やっぱり淋しかった。

たか子の想像では、夫はもっと不自由で、淋しがっている筈だったが、彼は独り住居の下宿で満足しているように見えた。

「そりゃ、まあ不自由に思うこともあるけどね。でも、仕事の環境としては、こっちの方がいいな。時間をいっぱいに使えるしね」

彼女の質問に答えて、夫はそういった。

たか子は、それが夫の本音であると感じた。

彼女を安心させる為に、そういってくれたのだとは取れなかった。彼女の乗った飛行機が離陸したとたんに、彼女の姿も息子の姿も、彼の頭のなかから消え失せてしまうのだろう、と彼女は思った。

ＪＡＬ、パリ発、アンカレッジ経由東京行きの座席で、たか子は、毛布を被り、声を忍んで泣いた。両隣の客は熟睡していた。

ドアが細めに開いて、顔がのぞいた。

子供の顔だったので、泉は一瞬とまどった。

名前がなかなか浮んで来ないのである。

「いらっしゃい」

と、その子は会釈をして、ドアを開け放った。

心得ているという様子だった。

「こんにちは。……ひろし君だったね」

「そうです。お待ちしていました」

ちょっと腺病質らしい感じのある子供だった。小学校の五年と聞いていたが、近頃の標準からすれば、小さい方かもしれない。顔だちは、あまりたか子に似ていない。この子は父親似なのだろうか。

「お母さんは……」

「病院に行っています」

「病院……、なにかあったの」

「どうぞ……」

少年は、泉に向って、上るように、という身ぶりをした。

「すぐに帰って来ます」

「……しかし」

「おばあちゃんが入院したんです。大したことはありませんから」

少年の答えは、泉をすこしばかり驚かせた。

なんだか同年輩の男と話しているような具合である。

「お母さんのお母さんかな」

「父の母です。神経のせいで、心臓がおかしくなっちゃうんです。あれ、なんていいましたっけ」

「心臓神経症じゃないかな」

「そうだと思います。自分で悪くしてるとこもあるんだって、ママはいってました」

「ふうん」

「どうぞ、お上り下さい。お待たせするのは悪いけど……」

泉は迷った。ただでさえうしろめたいところなのに、留守の間に上り込むのは、もっと気が引ける。

「ぼくが伺うことを、ママは……」

「聞いています。泉さんでしょう」

「そう」

「上って頂くようにって、いってました」

少年はスリッパを揃えて出すと、泉をうながした。

泉は、手持無沙汰に、部屋の中を見廻していた。

客間はきちんと整頓されていた。綺麗になり過ぎていて、却って淋しいほどである。

泉は、いつも引っ散らかしてある自分の部屋のことを思い出して苦笑した。

少年が、紅茶のセットを載せた大きな盆を持って現れた。

「随分綺麗にしてあるんだね。ママは綺麗好きなんだな」

「いいえ」

と、少年は、盆をサイド・テーブルの上に置きながらいった。

「……ママは、散らかし屋の方です」

「じゃ、誰がやるの」

「ぼくです。紅茶、濃すぎますか」

「いや、濃い方が好きだよ」

「もし、濃すぎたら、薄めましょう」

「いや、これでいい」

少年は、もう一つのポットから、お湯を自分のマグの中に注いで、紅茶を薄めた。

泉は感心した。

「いつもこんなふうにやってるの」

「ええ」

少年は、自分用らしいマグを使っていた。

泉のカップは、来客用のものらしいが、少年のマグには、クラシック・カーらしい車の絵が書いてある。

「いいカップだね。それ、なんていう車」

「デューセンバーグです」

隣の部屋で、電話が鳴り始めた。

少年は、すっと立って、

「多分、ママだと思います」

と、出て行った。

少しの間、少年のうけ答えの声が聞えていたが、すぐに少年は顔を出して、

「ママが、電話に出て下さいといっています」

と、泉に伝えた。

泉が出ると、

「ごめんなさい」

と、たか子の声がした。

「……こんな筈じゃなかったんだけど……、すみません」

「いや、いいんだよ。それよりも、大変だね、お母さん……」

「お聞きになったかしら、手を焼いてるの。……これで三度めよ」

「具合はどうなの、いま」

「大したことはないのよ。でも、お医者さんに、そういわれると怒るの」

「誰かに心配していて貰いたいんだと思うよ。解ってあげなくちゃ」

「それだったら、私はひとりでちゃんと暮してますから大丈夫、なんていわなきゃいいのよ。一緒に住んでくれりゃ」

「それも気詰りなんだろう」

「ほんとにくたびれるわ。……ひろし、そこに居ますか」

「いや」

泉は、目で少年を探した。気になっていたのだが、境のドアはきっちりと閉められ、少年の姿はなかった。

「……客間か、どこか向うらしい。気をきかしたのかもしれない」

「もう出られると思うの。もうちょっと待ってて、お願い」

「解った」

「あ」

「なに」

「呼ばれてるらしいから、行くわ」

「待ってるよ」

電話は、そこで切れた。

泉は、当惑気味であった。

たか子には会いたいが、彼女が帰って来たところで、息子が居る。まだ子供だとはいえ、立派な第三者である。それを考えると、どうも落ち着かない。

少年が泉のことをどう見ているのか、それも気になるところである。

母親の情人だと、はっきり決めてはいないだろうが、うすうすは感じているかもしれない。

もしそうだとしたら、彼が今まで泉に対して見せた態度はどういうことなのだろう。

少年期の潔癖さからすれば、どこかに拒否的なふしが見られていい筈だが、そんな気配は感じられない。

もしそれを完璧に包みかくしているのなら大変な演技力である。とても小学生にそんな芸当が出来るとは思えない。少年の言葉や物腰の、妙に大人びて丁寧なところも、どうやらそれが地らしい。そのへんまでは見当がつくけれども、子供を持ったことのない彼には、当っているかどうか自信が持てなかった。

泉は、一度結婚したけれど、その後別れている。別れる時に、子供がなくてよかったと思った。しかし、後になって、子供がなかったことが別れる原因になったのかもしれないと思ったこともある。


「ひろし君のひろしは、どういう字を書くの」

「広い、のひろに、つかさです」

「塾へは行ってないの」

「塾へは行ってるけど、今日は休みなんです」

「そうか。塾は好きかい」

広司は、首を横に振った。

「塾よりも、クッキング・スクールに行きたいな……」

「ほう、料理が好きなの」

「そうです。いつもやってるから……。ぼくスフレを焼くのが得意なんです。スフレ、好きですか」

「そうだな、それほど好きじゃない」

「パンやクッキーも、うまく焼けるんです」

「驚いたな。台所に居るのが好きなのかい」

「ええ……」

広司はちょっとはにかんだように笑って、

「……今に、一流のシェフになるんです」

といった。

「ふうん、そりゃいいね。ママはどういってるの、君の料理のこと」

「かなり才能があるっていってます。でも、義理でほめてるとこもあるみたい」

泉は笑った。

「料理人は、修業が大切だよ。しょっちゅう料理をしなくちゃ」

「しょっちゅうやってます。ママは居ないことが多いし、遅くなるときは、ぼくに頼むんです」

「面倒臭いことはないの」

「そんなことない。……でも」

「でも、なんだい」

泉が聞き返すと、広司は、困ったような顔をした。

「質問をしてもいいですか」

「もちろん、構わないよ」

すると、広司は、ひどく真剣な顔で、こういった。

「女のひとって、みんな、ああいうふうなんですか」

泉は思わず吹きだしそうになったが、笑ってはいけないと思った。

「ママのことかい」

「そうです」

「どういうふうなの」

「どういうふうって……、うまくいえないいんだけれど、困っちゃうことがあるんです」

「ふうん、なにが困るの」

「ときどき、酔っぱらって帰って来るし……」

「お酒を飲んだからだろう。女だってお酒を飲んでちっとも悪いことはないんだよ」

「……でも、わけが解んないんです。ときどき泣いてることもあるし、そうかと思うと、急にべたべたして……」

泉は、やっぱり笑いそうになった。

「べたべたされるのは厭かい」

「厭でもないんだけれど、でも、もうすこしきちんとして、母親らしい方が、いいと思うんだけどなあ……」

泉は愉快になって来た。

「……いいかい」

彼は広司と正面から向き合うようにして、こういった。

「女のひとは、みんなそうなんだよ。君のママだけじゃない。母親もみんなそうだし、小学校の女の子もそうだ。今泣いたと思うと、もう笑ったり、いつだって同じ時はないんだ。君が今に大きくなって、結婚すると、実によく解るんだけど、女のひとはもともとそういうふうに出来てるんで、男とは違うんだ。たまたま、よその人で、お母さんらしくて、きちんとして、いいなあ、と思う人がいても、家に帰れば、その人も、ほかの女のひとと同じで、泣いたり笑ったり、ふくれたり、全然同じなんだ。君はそこを見てないだけのことさ。君のママだって、ほかの女のひとと、ちっとも変ってやしない。女のひとって、みんなああいうふうなものなんだよ」

「ふうん、そうか。それなら安心だけど……」

広司は、頷きながらいった。

「……悩んじゃった。ママ、すこし変なんじゃないかと思って……」

「どうしたの。なんだかすっかり意気投合しちゃったみたい」

たか子は、広司が立って行った隙に、素早く囁いた。

「うん、まあね」

と、泉はにやにやした。

「変った子でしょう。じっと私の一挙一動を眺めてるみたいで、時々ひやっとするの」

「心配してるんだよ。気のやさしい子なんだ」

「そうかしら」

たか子は苦笑して、

「主人かと思うときがあるの」

といった。

「ご主人から、便りはあるの」

「たまにね。……でも、書いて来ることといったら、仕事のことばっかり」

「そうか」

泉は、急に気が重くなった。

「なんだか刀の刃渡りでもしてるような気がするな」

「刀というより、剃刀の刃を渡ってるような気がする」

「そうかしら」

「でも……」

と、たか子はいった。

「……人生なんて、そんなもんなんでしょ」

そんなものかもしれない、と、泉も思う。

たか子は、しきりに泉を誘った。外へ出ようというのである。広司に留守番を頼んで、出掛けようという。

「私、気が滅入っちゃったの。おばあちゃんがいつまでも放してくれないもんだから」

泉も出掛けたいところだったが、広司を置いて行くというのは辛いような気持になっていた。

「いいのよ。あの子は馴れてるんだから……。却ってその方が気楽なのよ」

たか子はそういうけれど、泉は台所をのぞきに行った。

広司は、ガスレンジの上の鍋をのぞき込んでいた。なにか作っているらしく、火の具合を確かめたり、味を見たり、夢中になっていて、泉の気配には気が付かないらしい。

泉は、しばらくその様子をじっと眺めていたが、近付いて、声を掛けた。

「堂に入ってるんじゃないか、なかなか……」

広司は振り向くと、頷いてみせた。

「今、ルウを煮てるんです。ちょっと失敗かなあ」

そこで、泉は、少年の肩へ手を置くと、こういった。

「それだったら、明日またやり直せばいい。これから三人で一緒に、飯を食いに行かないか」

「ほんと」

少年はぱっと顔を輝かせた。

「じゃ、すぐ支度して来るから、ちょっと待ってて……」

そういうと、たちまち二階の自分の部屋へ、飛び上って行った。

海のいろ

三好は、鯵《あじ》のひらきが好物である。

細君のまち子に、

「あなた、今夜は、なににします」

と、訊かれると、言下に、

「鯵のひらき」

と、答える。

細君は、

「よっぽど好きなのねえ」

と、呆れたような顔をする。

「……いつでも同じことというんだもの」

「解ってるんなら聞かないでもいいじゃないか」

「……でも、あなたの気に入るようなのってなかなか見つからないのよ」

細君は溜息をつく。

細君が歎く通り、スーパーやデパートを探し廻っても、三好がいうような品物は、なかなか手に入らない。もともと好物だから、焼いて出されれば食べてしまうが、あとになって、却っていけない。いっそう恋しさがつのってしまうのである。

「ああ、本物の鯵のひらきが食いたい」

毎度それを聞かされるので、細君は、かなり絶望的になっている。

「今日のはいくらかいいと思ったんだけど」

三好は黙って首を横に振る。やはり駄目なものは駄目なのである。

三好は、海辺の生れである。三浦半島の、小さな町で生れて、高校までそこに住んでいた。その後は転々としている。東京の西のはずれに住むようになったのは、まち子と結婚してからである。

鯵のことは、正直しばらく忘れていた。

東京のそのあたりでは、いい魚を見つけるのは難しかったし、子供が出来ると、自然に子供向きの献立が主になって、三好の好みはつい二の次になってしまった。

外食するときも、彼はなるべく魚を避けていた。何度も懲《こ》りた末に、そうなったのである。

細君のまち子は、信州の産だから、魚の目ききにはあまり自信がなかった。魚屋にすすめられると、たちまち乗せられて買って来る方で、魚には贅沢はいわない。そのへんが、夫とはかなり喰い違って来る。結局のところ、結婚当座の試行錯誤の時代が終ると、三好のうちの食卓は、魚っ気の乏しいものになった。まち子は、その方が問題がなくていいと判断したのである。

三好は、比較的こだわらないたちである。

出されたものは黙って食べた。まだ若かったし、食慾もあった。まち子の怪しげな料理でも、もてあますことはなかった。

三好の齢《とし》がそろそろ中年といわれる頃になって、すこしずつ変った兆候が現れ始めた。それまでになかったことである。

身体が変ったということなのかもしれない。

魚の味が急に恋しくなって来ていた。

育った海辺の町のことを、よく思い出すようになっている。

十月になると、そのあたりの海は、急に澄んで来る。

透き通った、冷たい色を帯びると同時に、水かさが増して、防波堤の濡れ具合でもはっきり見てとれるほど水位が上る。

鯵はふつう夏のもののようにいわれるけれど、本当にうまい鯵は、やはり秋鯵だろう、と、三好は思う。鯖《さば》はもちろんだし、鰹《かつお》も秋がうまい。その海辺の町の人々は、みんなそう信じている。

まして、鯵のひらきは、秋になって風が乾いて来ないといけない。乾いた風と、まだ強い日差し、干物にはそれがいちばんなのだ、というのが三好の持論である。

「それでなければ、冬がいい。秋がいいか、冬がいいか、それが意見の分れるところなんだけどね。どっちとも優劣はつけ難い。寒の慄え上るような風に当てた干物はまた格別なんだな」

行きつけの飲み屋で一席ぶっていた三好は、喋っているうちに危うく涎を流しそうになって、一座からヒラキさんという尊称を捧げられた。

「あたし、あすこが好き」

女主人がはしゃいでいう。

「……あの、骨のついている側の」

「うん、うん」

「骨の上に、うすうく身が残ってるじゃない」

「あるある。皮みたいにうすいやつ」

「あれが好きなのよねえ。ぱりっとしてて、香ばしくて、ねえ、ヒラキさん」

「よせよ。ほんとに涎が垂れる」

「俺は皮だな。皮がいちばん」

そう叫ぶのもいた。

「骨だよ、骨がうまい」

歯の丈夫な男がそういった。その男は、頭からかじって、ぜいごと尻尾だけ残すのだそうである。それを聞いて、女主人は、

「羨ましいわねえ、歯のいい人は」

と、口を窄めた。同感の意を表する客もいた。

「この頃の鯵のひらきはね……」

と、新知識を披露する客もいた。

「あれはね、どこか遠いとこから来るんだよ」

「あら、九州とか沖縄とか？」

「もっとずっと遠く……。外国から来るんだ」

「へえ、日本の鰺じゃないの」

「安いのはみんな外国なんだ」

三好には初耳だった。

「そうなのか」

「そうなんだ」

「そうか、道理で味が違うと思った。俺たちが子供の頃に食ったのと、どうも違うんだ」

「そりゃそうさ、獲れるとこが違うんだ。土産物屋とか、スーパーとか、そういうとこで売ってるのは、たいていはそのたぐいさ」

「へーえ」

「近頃はね、ちゃんと開いて、冷凍で送って来るのが多いそうだよ。干したのもあるかもしれない。そうやって冷凍で来たやつを、こっちで干して、包装して売る」

三好は、まるでそんなことは知らなかった。

鰺のひらきなどというものは、今でも昔のままのやり方で作られていると頭から思っていた。

「それで、なんだか白っぽいような、べちゃべちゃしたような、妙な具合なんだ」

「そうさ、だから、よく見てみろよ。顔だって外国風な面《つら》つきだぜ」

「やれやれ、そういう時代なのか、今は」

三好は、やっと納得がいった。

彼が、昔、馴れ親しんだ鯵の味とは違うのも当然である。

あの、寒風に当てた、飴色のような、半透明の身の色が目に浮んだ。最近よく思い浮べるあれと、今の鯵のひらきと称するものは、別ものなのである。

「でも、日本だって、鯵はまだまだ獲れるんだろうに」

三好が憮然として愚痴ると、その男は、

「そりゃ揚がってるけれど、みんなどこかへ行っちゃうんだろうな。もっといい値で捌《さば》ける口があるからね」

と答えた。

「ふうん」

三好は索然とした気分に襲われた。しかし、それでも、まだ昔ながらの鯵のひらきが、どこかで細々と作られているだろうとは思った。

漁師たちがささやかに作っているところもあるだろう。彼等が、そう易々と自分たちの日常の味を棄て去ってしまうとは思われないし、それを分けて貰うことだって出来る筈である。

もし、それも出来ないような時代になったら……と考えて、三好は突然心細くなった。

鰺のひらきといえば、米の飯と同様、彼の家庭ではごく当り前の食物で、彼の子供時代はそれを抜きにしては考えられない。その身近な筈だったものが消えうせてしまったら子供の頃の記憶すらあやふやになってしまいそうな気がする。

「こりゃ、一大事だなあ」

彼は、いささか真顔になった。

「なんでもないもんだったんだぜ。安くてうまくて当然、というもんだった。それがねえ……」

細君にその話をして聞かせると、

「そうなの」

細君のまち子も、初耳のようだった。

「俺が気難しいんじゃないんだ。鰺の方が変ったんだ。それで解るだろ」

細君は頷いて、

「凄い世の中ね」

と、呟いた。

そして、皿の海老のフライに、レモンの汁を滴《したた》らせながら、

「この海老もアフリカからですって」

といった。

それからかなり日が経って、そんな話もすっかり忘れた頃、或る日曜日の夜に、会社の同僚の一人が、不意に三好の家を訪れた。

「久里浜の方までドライブに出掛けたもんでね。ちょっと帰りに寄っただけだ」

その男は、そう前置きして、包みを差し出した。

「お土産だよ、ちょっとうまそうな干物を見つけたんでね」

聞いてみると、どうやら三好にも心当りがあった。

「まだあったのかい。あの魚屋」

彼は思わず声を上げた。

「……小さな汚い店だろ。俺の家はあのすぐ傍だったんだよ」

「ほう、そうか」

「あの魚屋はね、昔っから干物を作るのがうまいんだ。有難いな」

三好は、包みを押し戴いて、感謝の意を表わした。

夫婦ですすめたけれど、その男は、女房子供を待たしてるし、と、あたふたと、上らずに帰って行った。

「懐かしいな。俺も小さな時、よくお使いに行ったもんだ」

三好は、まち子にいった。

「漁師でね、魚屋も兼ねてるんだよ。汚い店でね。魚だって何種類もないんだ。でも、みんな地の魚で、新しいのさ。揚げて来たばかりだもんな。裏でいつも、鰺を干しててさ。うまいぞ、きっと……」

三好は、まち子をせき立てて、その鰺のひらきを焼かせた。

「違うようよ。脂がたっぷり乗ってて、おいしそう」

脂が焼けて、火の上に滴り落ちると、ぼっ、と炎を上げる。その音を聞いていると、三好はうきうきとして来た。

焼き立ての、あつあつを、何もつけずに、吹きながら平らげて行く。

「どう、お味は……」

「うん」

三好は首を傾げた。

「それほどでもないの」

焼き立てではあるし、好物でもあるし、うまいことはうまいが、しかし、期待したほどではない。

「やっぱり、はずれ」

「いや、はずれという程じゃないが……、しかし……」

「違うの」

「うん、昔の味とは違うような気がする。あの爺さんが作った干物とは、多少……」

「お爺さんなら、もう代替りしてるんじゃないかしら」

「それもそうだな」

子供の頃の彼が憶えている爺さんは、考えてみれば、もういない筈である。

「爺さん婆さんでやってたんだが、子供は憶えがないな」

「そう」

「爺さんが獲って来た魚を、婆さんがひらいて……、馴れたもんでね。手早いんだ。……多分、代が替ったんだな。もういい齢だったし」

三好の憶えているその魚屋の店先の光景も、今はもう実在しないかもしれない。

それを思うと、彼はいくらか感傷的にならざるを得ない。

夜ふけて、床に入ったあとも、干物のかすかな生臭さが口のなかに残っていて、三好を幼い頃の思い出に誘った。

翌日、出社した彼は、土産を持って来てくれた男と顔を合わすと、その魚屋のことを訊ねてみた。

三好の思った通り、その男が飛び込んだ魚屋は、やはり彼の記憶にあるその魚屋と同じ店のようだったが、店の様子はかなり変っているらしい。

「無理はないやね。何十年か経ってるんだから」

ごくありふれた木造平屋の汚い店だったその魚屋は、どうやら建て直して丈も高くなり、店を切り廻しているのは、壮年の夫婦もので、年寄の姿は見掛けなかったという。

「そうだろうな。爺さん婆さんは引退して、息子夫婦が後を継いだか、養子でも取ったか、そんなとこだろう」

今では、干物をずらりと並べて、細々と商売をしていた昔とは、すっかり面変りをしているようだ。

「きっと、漁師はやめちゃったんだな。やってるとしても、釣舟かなんかに転向して、効率よく稼いでるんだろう。そういう風にしなくちゃどこでもやって行けない御時勢だからな。漁協も、そういうことなら沢山金を貸してくれるし」

三好は、生れ故郷の、そんな変り様を一度見ておきたいと思った。遠い所ではないし、その気さえあれば、日帰りで行って来られる。

ふっとそう思いはしたが、実際に行ってみる気はなかった。なんとなく不安だったからである。生れた町を訪ねてみて、自分の目ですっかり変った風景を見て、はっきり縁が切れてしまったのを確認することになりはしないか、それが心配だった。そうなる位だったら、見ない方がましだった。

細君のまち子も、長いこと信州には帰っていない。夫婦揃って故郷を失った根無草になりつつある。三好は、もうその海辺の町には血縁を持っていない。知人はいるけれど、しょせん他人は他人でしかない。

いったい故郷というのは、なんなのだろう、と、三好は思う。

今の世のなかの変り様の烈しさは、却って地方の町の方が甚だしい。すっかり変貌してしまった町は、果して故郷といえるのだろうか。

三好の生れ育った町は、海辺の小さな漁師町だが、今は、そんな町は無い。その半島の海辺全体がいわば町であって、三好の生れた町は、そのなかに呑み込まれて、姿を消してしまったのである。昔の小さな漁師町は、今は三好の記憶のなかにしか存在しない。彼が昔食べていたような鯵のひらきも、もう今や彼の記憶のなかだけにあるもので、現実には存在しないものなのかもしれない。

或る日の昼休みに、三好は、会社の別の同僚と喫茶店にいた。

「いつも、訊こうと思って、つい忘れちゃうんだが……」

と、三好は、いった。

「俳句のことで聞きたいんだけど」

「ふうん」

その同僚は、会社の俳句のサークルに入っている男だった。

「どうしても思い出せない句があるんだけど、君なら知ってるかもしれないと思って」

「どんな句だい」

彼は、眼鏡を押し上げるようにして、乗り出した。

「たしか、魚の干物の句なんだけどね」

「へえ」

彼は面白そうな表情になった。

「……どんな句だい」

「たしか、鯵のひらきのことを詠《よ》んだ句だと思うんだけど、海のいろ、っていうんだ」

「海の色か」

「憶えはないかい」

「待てよ。聞いた憶えはあるな。鯵のひらきと海の色か」

彼はちょっと考え込んでいたが、その場では、とうとう思い浮ばなかった。

翌日になって、三好のデスクに、その男がにやにやしながらやって来て、

「解った、解った」

と、いった。

「解ったか」

「解ったけれど、違ってたよ」

「なにが」

「鯵のひらき、じゃなかった」

「へえ」

「君の思い違いさ。目刺だった」

三好は目をぱちぱちさせた。鰺のひらきだとばかり思い込んでいたのである。

「どういう句なんだ」

「木がらしや目刺にのこる海のいろ。芥川龍之介だ」

「なんだ、目刺かあ」

「そうなんだ。鰺じゃない。鰯《いわし》だよ」

三好は苦笑した。どこで、鰺のひらきと海の色が結びついてしまったのだろう。

「でも、いい句だ」

彼は調べて来たことを、三好にぜひ教えたいらしく、せき込むようにいった。

「これにはね、似た句がいくつもあるんだ。高浜虚子《きよし》に、蒼海の色尚存す目刺かな、というのがあるし、桐蔭《とういん》という人の句に、わだつみの色をとどめし目刺かな、というのがある。みんな発想は同じなんだ。面白いね。偶然の一致なのか、それとも誰かが先で、あとはそれからヒントを得たのか……」

三好はどこか上の空で、彼の話を聞きながら、冷たい水の色を思い浮べていた。

癖

辻と高須は、肩を並べて、赤坂の裏通りを歩いていた。

穏やかな日で、丁度時分どきのせいか、勤め人の姿が目立つ。昼めしを食べに、その界隈のオフィスから出て来た連中である。麗《うらら》かな日差しのせいか、みんな顔つきが弛《ゆる》んで見える。ほとんどはコートも着ていない。

「ええと」

辻が立ちどまった。

「……この辺だと思ったが」

あたりを見廻している。

「……いや、もうちょっと先だ」

高須は黙ってついて行った。その一帯には、飲食店が密集している。昼めしには恰好な店である。なかには、高級店もあるが、昼めし時には、そういう高級店も、思い切った値段のサービス・ランチを出す。

「おかしいな、通り過ぎたかな」

すこし歩いたところで、辻が呟いた。

「どんな店なんだい」

「うん、どこといって特徴がない。そういう店なんだ」

「強いて探さなくても、いいじゃないか」

「いや、折角来たんだから、つき合ってくれ」

「まあ、いいや。こうしてぶらぶら歩くのも悪くない」

高須は、辻にまかせっきりである。別にうまいものを当てにしてもいないし、昼めしにありつければ、それでいい。それに、小腹をすかして、焼肉やら、鰻らしい匂いやら、流れて来るさまざまな食いものの匂いのなかを歩いているのは、結構楽しい。

行ったり来たり、その店を探し当てるまでには、ちょっと時間がかかった。

辻の勘違いで、通りを一本間違えたのである。

彼のいったように、そのあたりにごくありふれた構えの店である。それでも、土地柄もあってか、小綺麗な感じがあって、ガラス障子の前の三和土《たたき》には、南天の鉢が鮮やかな赤い実を光らせている。

思った通り、店のなかは、昼食をとる勤め人たちでいっぱいだった。幸い、椅子席の二人連れが立ち上ったので、辻と高須は入れ替りにその席へ坐ることが出来た。

刺身と焼き魚、煮魚の三種の昼定食があって、魚を選べるようになっている。

辻は、鰤《ぶり》の照焼を頼み、高須は鰈《かれい》の唐揚げを頼んだ。

カウンターのなかは、板前二人、店の方は小女一人と中年のおかみ、詰めて二十人ほどの店内だが、目の廻るような忙しさである。辻は、顔馴染みらしく、おかみとひとことふたこと、言葉を交している。おかみは、カウンター、椅子席と、過不足なく声をかけ、気を配り、小女の尻を叩いている。

「凄いもんだな」

高須は呟いた。

「……修羅場だね」

「この、昼のいっときが商売だからな」

辻は、解ったようなことをいう。

「それにしても、よっぽど気を張ってなくちゃ、ああは行かない。社員食堂の奴や、うちの女房に見せてやりたい」

高須は感心した。そして、思わず日頃の鬱憤《うっぷん》を口に出した。

「……うちの奴なんざ、本当にだれ切ってるからね」

「そうかい」

「女なんて、自分がどんなに恵まれた境遇にいるかなんてことを、考えたことはないんだな。それが当り前だと思っちゃうんだよ」

辻は、にやにや笑った。

「家庭の奥さんなんて、みんなそうだろう」

「そこがおかしいんだ。なんで、もうすこし謙虚になれないのかねえ……」

辻は、高須のその愚痴に対して、ただにやにや笑いを続けるだけだった。辻は、細君を早くなくして、もう十年の余も独身を通している。その点、高須とは、ちょっと立場が違う。

鰈と鰤が前後して運ばれて来て、高須は口を封じられたかたちになった。鰈には、大根おろしがたっぷりと添えてある。ひと口食べてみて、高須は、

「うまい」

と呟いた。

「わざわざ出て来てよかったろう」

「よかった。社員食堂には飽きあきしてたからな……」

二人は手早く食事をすませた。長年の間に身についてしまった習慣である。

「鰤はどうだった」

「うん、すっかり脂が乗ってきた」

「そうか、そのうちに、鰤をやってみるかな」

割り勘にするつもりだった高須を押しとどめて、辻が勘定を払った。

まだいくらか時間があったので、二人は近くの珈琲店に入った。

そのあたりから、彼等の会社があるビルまで、歩いて五六分かかる。高須は面倒臭がり屋だから、昼休みにそれだけ遠出をすることはあまりない。それでも、その日の昼めしには満足だった。

辻と高須は、別の階にいる。エレベーターを待っているときに、辻は高須に、

「あの家のおかみ、どう思う」

と聞いた。

「そうだな」

と答えて、高須は、その女のことをよく覚えていないのに気がついた。感心して見惚れていた筈なのに、顔も忘れている。

「さてな。そういわれても、よく覚えていない」

「……そうか」

そのまま、辻は先にエレベーターを降りて行った。

辻と高須は、同じ年に入社している。

そして、もう三十年近く勤めて、二人ともすっかり古株になっていた。

結婚したのは、高須の方が早かった。二人ともそれぞれ地方の支社勤めを経験しているが、辻は、その時に、土地の娘を貰った。親に気に入られたのである。その細君は、息子を一人のこして病死した。

辻は、それから独身でいる。

その後、いくつか縁談もあり、好きな女も出来たらしいが、結局のところ再婚までは行っていない。

あるとき、高須は、辻に向って、

「忘れられないのか、前の奥さんが」

と、聞いたことがある。

辻は、その時、意外なことを聞かれるという顔をして、

「いいや」

と、首を振った。

「……べつに、そんなことはない」

「そうか、俺は、それがあるので、ずっと独身でいるのかと思っていたよ」

「そんなことは、まるでない」

と、辻はいった。強いてそう答えている様子でもない。

「なんとなくあとを貰いそこねただけだ」

辻は、そういう。

「でも、話はあったんだろ。気に入らなかったのか」

「いくつかはあった。ただ、もう一つ気が乗らなかったとこはあるね」

「息子がいるんで、気にしたのか」

「息子は、割に順応性があるんだ。あの位の年の男の子は、妙に思いやりがあるもんでね。むしろ、俺のことを心配してた」

「早く後添いを貰えってか」

「そこまではいわないがね。……それに好奇心もあったらしい。どんな母親が来るのか。……どっちみち、自分が貰うわけじゃないから、気楽なもんだ」

「男の子ってそんなもんかね」

高須には、そんな状態の家庭というのがどんなものか見当がつかない。高須には、娘が二人いるが、もし、細君をなくして、再婚でもしようとなったら、その娘たちに対して、随分気兼ねをしなければならないように思う。

「それにしても、男世帯じゃ大変だろう」

「なに、馴れりゃ、なんでもない。却って気儘でいい」

辻の家には、週に二回、掃除の婆さんが来るのだそうである。掃除と洗濯がなけりゃ、あとは楽なもんだ、と、辻は笑った。

「……問題は、その婆アでね」

辻は、くすくす笑いながらいう。

「まだ、したい盛りなんだ」

「いくつだい」

「四十過ぎだろ。一度サービスのつもりでお尻を撫でてやったら、すっかり気を許しちまいやがって。困ってるよ。ときどき撫でてやらないと、御機嫌が悪いんだ」

高須は苦笑した。

「危いよ。うっかり手を付けたら、居直られそうだ」

「危いなあ」

辻はやにさがったようないいかたをした。

高須と同い齢だから、辻も五十そこそこである。まだ慾求は充分ある筈だ。どこかで、適当にやっているのだろうが、男も、その齢になると、同僚にさえ、なかなか尻尾は摑ませない。適当にやっている筈だと察しはつけても、それ以上は解らない。
五十、いや、四十を過ぎる頃から、といった方が正確かもしれないが、男の、雄としての能力には個人差が目立ち始める。
男同士、自分の性生活をさりげなく隠すようになるのも、その為だろう。他人と比較されることを好まなくなるのである。ことさらに自分の能力を誇張していう男も出て来る。それは、不安の裏返しなのだろう。概して、その種の話になると、誰もがことさらに、自分の能力を過小にいいたがる。率直なところがなくなって、お互いに自嘲的なことをいいながら、内心では疑心暗鬼の気持を脱しきれないのだ。高須はそう思うことがある。

高須自身にしても、衰えは目に見えている。

ただ、身体の衰えと反比例するように、気持の方は、年々高まる一方である。高須は、以前よりずっと、行きずりの女に目を取られることが多くなった。会社の事務員、電車のなかの女客、水商売の女たち、……ある時、ふと気がつくと、高須は、自分が、その女たちから明らさまな非難の視線を受けているのを感じて、狼狽することがある。多分、それは、高須が、必要以上に長い時間、彼女たちに見入っていたからだろうと思われる。そして、彼女たちにいわせれば、その時の彼の目つきが、厭らしい中年の目つき、だったのだろう。

「俺はすこし慾求不満なんだろうか」

或る朝、電車のなかで、前の座席のＯＬからきつい目で睨みつけられたあと、会社の同僚に、その話をすると、その男は、

「俺はもっとひどいよ」

と、苦笑した。

「……俺はね、行きずりに、いい女に会うと、俺にやらせないのは理不尽だ、って腹が立つんだ。もちろん、そんなことは噯《おくび》にも出しゃしないよ。でも、その時は、本気でそう思ってるんだ。ぶんなぐって、押し倒したいと思う。危いよなあ。やっとのことで我慢してるんだがね」

その男は、ひどく苦い顔をして、高須にそういった。ことさら露悪的にそんなことをいったとは思えない口調だった。高須には、その男のなかに隠された衝動がよく解るような気がした。

最初に行ったときから、何週か後に、辻に誘われて、高須はまた、その店に昼めしを食べに行った。

今度は、高須が鰤の照焼定食を取り、辻は鰈を取った。

店は相変らず繁盛していて、おかみは手際よく客をさばいていた。

帰るみちみち、辻は、高須に、こんなことをいい出した。

「今日は、よく見たかい」

「あのおかみか、ああ、よく見た」

「どう思うね」

「どうって」

高須は、そのあとの辻のせりふを聞いて、驚いた。まったく予想もしていなかったからであった。

「あれと結婚しようか、と思ってるんだが……」

高須は、よほど驚いた顔をしたらしい。辻は笑った。

「意外かね」

「びっくりしたよ。なんだ、だしぬけに……」

「済まん。よく見て貰って、意見を聞きたかったんだ」

「それで、二度も連れて行ったのか。そうとは知らなかった」

「そうか、感付かれたかなと思ってたんだがね」

「全然」

「ふうん、……でも、どうかね」

「さあ、どうかな」

高須は、改めて、辻を見た。いささかくたびれてはいるが、恰幅はいいし、堂々たる一人前の男である。

「釣り合わんかね」

「そうは思わないが……」

高須は、いいかけて、ふっと気がついた。

「もう出来てるのか」

「まあな」

辻は平然としている。

「……この秋からだ。まだ長くない」

「そうか、油断のならない男だ。……しかし、悪い話でもないな……」

「そう思うか」

辻は、真面目腐った顔で頷いた。照れたのを胡麻化《ごまか》しているのかもしれない。

「どうして、その気になったんだ」

高須が聞くと、辻は、困ったような顔になった。

「まあ、心境の変化というか、そんなもんだろう」

「変だな。やもめ暮しに満足してるって、威張ってたじゃないか」

「それは、そうなんだが」

「お尻を撫でてやってる婆さんが、悲しがるぞ」

「仕方がない。……おい、珈琲を飲もう」

二人はまた、この前の珈琲店に入った。

その店で、辻が語った心境の変化というのは、こんなふうなことである。

辻の一人息子は、大学を出て、就職先も決った。大手の広告代理店である。そして、早速関西の支社に配属になり、東京を離れた。辻は初めて一人ぼっちになった。

高須には、そのことは初耳だった。

「それでさ」

と、辻はいった。

「……こりゃしめた、と思ったわけさ。これからは大っぴらに女を連れ込んだり出来るし、したい放題が出来る。喜び勇んでたわけよ」

「羨ましい話じゃないか」

「その筈だったんだが、いざ、そうなってみると、喜ぶほどのことでもないんだなあ……」

張り合いがなくなったのかもしれない、と、辻はいった。

「どうも気落ちがしちゃったんだよ。俺はもともとまめな男だったのに、珈琲をいれたり、料理を作ったりするのが、面倒臭くなって、家のなかも、引っ散らかしたままで平気になった。

手伝いの婆さんも、俺が変ったたっていったよ。

それで、ある日、気がついたら、俺は、ぶつぶつ独り言をいうようになってたんだ」

「へえ」

「……ええと、ガスは消したたし、戸閉りはしたたし……、そんなことをいってるんだよ。……さて、そろそろ出かけないと、バスに遅れるぞ、ええと、四十五分だっけ、あれに間に合わないと……、そんなことを、ぶつぶつ喋ってるんだよ。自分で自分に確かめてるわけなんだ。前は、頭のなかで考えるだけでよかったことさ。なにも口に出さなくたって用は足りる。それが、喋ってないと安心出来なくなっちゃったみたいなんだよ。

それに気がついた時は、ぞっとしたね。老人の癖だよ、独り言なんて。こりゃいけないと思ったね。なんとかしなくちゃいけない。独り言が、すっかり癖になるようだったら大変だ。ときどきは、会社でも、独りでぶつぶついってるのかもしれない。そう思うと冷汗が出るよ」

辻は、そう述懐した。

「そりゃ、ちょっと恐いな」

高須は首を振りながらいった。

「……独り言ってのは、気味が悪い」

「心細いもんだな、年を取って行くのは……」

高須は頷いた。初めて女を経験するのと同じに、誰だって初めて老人になるのだ。誰かがそういったのを思い出した。

「結婚しどきかもしれない」

高須は、辻に、そういった。

「善は急げ、だ」

結婚話は、思ったよりスムーズに運んだ。

店をやめるについて、彼女の方に未練が残るのではないかと危ぶんだのだが、盛業中の店だということで、店員ごとそっくりいい値で引き受けようという買手が現れたし、万事うまくかたがついた。

式はごく内輪だった。新婦の方も、再婚であった。

高須は、その後、それとなく、彼女に聞いてみたことがある。

「彼は、独り言をいう癖がありますか」

すると、辻夫人は、不思議そうな顔をして、

「いえ、ぜんぜん」

と、答えた。

日曜日

目を覚ますと、窓のカーテンが、日差しを一杯に受けて明るい。外はよく晴れているようだった。

時計は、九時すこし前を指していた。

朝がた、いくつも夢を見たような気がする。

どれも、あまりいい夢ではなかった。

彼は、起き上って、部屋のなかを見廻した。

このホテルに移ってから三日目である。もう部屋のなかの眺めは、すっかり目に馴染んでいる。

のろのろとベッドから下りると、ドアの所まで行って、差し込まれている新聞を手に取る。

そして、手近な椅子に尻を落ち着けると、手早く目を通した。

別に、これといって、彼の注意を惹くような記事は見当らなかった。

彼は、ふふんと鼻を鳴らした。気が安まるようでもあるし、もの足りなくもあった。新聞で見る限り、世間は、ありとあらゆる雑事でごった返していて、ホテルの一室でひっそりとしている彼は、世のなかから置き去りにされているように思える。もの足りなさは、そのせいであった。

九時をだいぶ廻った頃、彼は身支度をすませて、階下へ下りて行った。日曜日だと思いついて、ブルゾン姿で出掛けることにした。

フロントに、部屋の鍵を預けるときに、係の男の視線が、ちょっと気になった。

「行ってらっしゃいませ」

にこにこしながら挨拶をするが、その目は笑っていない。なにひとつ見逃すまいとする職業的な視線である。しっかりと彼の顔を頭に刻みつけようとしている目だ。

日曜日ということもあって、その時間のロビーは、まだ閑散としていた。ソファに腰をおろしている人影も少い。混み始めるのは、昼近くなってからである。

ロビーを通り抜けて、玄関から外へ出ようとしたときに、一人の男が入って来た。浅黒い顔の、がっちりした身体つきの男である。一見して、サラリーマンではない。

その男が入って来る間、彼はドアの手前で一瞬待つ恰好になった。

男は、彼の姿を認めると、無遠慮な一瞥《いちべつ》をくれて、横を通り過ぎて行った。どこかひどく殺伐とした空気を身につけた男だった。その男とすれ違うときに、彼はなんともいえない不安を感じた。

男の方も、それを感じ取ったようだった。どう感じたのか解らないが、顔をそむけ、一瞬からだを硬くしたように思えた。

はた目からすれば、この二人の男たちのすれ違いには、なんの異常もなかったように見えただろうが、彼にとって、その男の印象は強かった。平静を装ったけれど、いくらか顔の色が変ったかもしれない。心臓の鼓動も早くなっていた。

落ち着け、と彼は自分にいい聞かせた。

なんでもない。平静を保って、うろたえた様子など、毛筋ほども見せたりしてはいけない。

このあたりでは、俺の顔など、誰も知っている筈がない。自分さえ普通に振舞っていれば、誰も注意を払う人間はいない。

……それにしても、と、彼は日の当る舗道を歩きながら考えた。

ホテルの入口ですれ違った男は、どういう男なのだろう。

その時は、さほど感じなかったことだけれど、男の顔には、どこか見憶えがあったような気がする。知り合いではないが、見た顔であった。どこで、と考えると、全く思い出せないが、確かに憶えのある顔だった。

朝の遅い街だった。

彼はぶらぶら歩いて、やっと開いている珈琲屋を見つけた。客はほとんど入っていない。日当りのいい片隅を選んで腰をおろすと、珈琲とトーストを註文して、ほっと息をついた。

暖房がよく利いていて、からだが弛んだ。おもての風に吹かれてくると、ブルゾンだけでは寒さがこたえる。硬張《こわば》ったふしぶしがのびのびとしてくるにつれて、洟水《はなみず》が出てきた。

カウンターのなかでは、若い男が珈琲をいれている。まだはたち前のウエイトレスが、それを待ちながら、しきりに話し掛けている。二人とも、楽しげにふざけ合っていて、隅のテーブルにいる彼のことなど、まるで気に留めてはいないようである。

娘の方は、小柄だが、大きな胸をしていて、からだをゆすって笑うたびに、そのふくらみがまた揺れる。

男が、なにか冷かしたらしくて、

「いじわる」

と、娘は拗《す》ねてみせる。顔は笑っている。手を挙げて、打つ真似をする。

「よせ、おい、珈琲をいれてるんだぞ」

若い男がたしなめながら、ちらっと彼の方を気にした。彼は、知らん顔で、おもての道を眺めている振りをした。

歩道を、ゆっくりと、中国人らしい老女が歩いて来る。よく肥っていて、腰もしゃんとしたままだ。歩きかたが、日本人とは違っていて、外股《そとまた》に、よちよちと歩く。片方の手に布で覆ったものを提げているが、彼はやがて、それが鳥籠であるのに気付いた。中国人は、小鳥を飼うのが好きである。彼は、商用で何度か出掛けた香港《ホンコン》で、小鳥の籠を提げて歩く人たちの姿をよく見かけた。

横浜のこの街は、中国人の町である。

週末の昼過ぎからは、どっと人がつめかけるこの街も、午前中はまだ人が薄い。

ゆったりと珈琲を啜り、トーストを齧りながら、ぼんやりと日の当る町並みを眺めていると、どうしてこんなことになったのだろう、という思いが、彼の心を過《よ》ぎってゆく。

すこし、やり過ぎた。

ただ、それだけのことなのである。

そのひと月ほど前に、彼は家を出た。

細君には、商用といってあるが、彼女もほぼ察しているようだった。

かなり以前から、仕事上のごたごたがあって、電話でかなり烈しいやりとりがあったり、相手によっては、彼の自宅に直接乗り込んでくるのもいた。

彼は、小なりと雖《いえど》も経営者である。それも新興の強引なやり口で急成長した経営者の家には間々あることで、細君も、それは承知しているようであった。

それでも、その時までは、なんとか辻褄《つじつま》を合せて、しのいで来たけれども、今度ばかりは、ちょっとそれでは済まなくなったのである。

彼が家を出て間もなく、事態は最悪になり、ある晩、自宅に電話を掛けた彼は、自分が指名手配の身の上になったことを知って、奇妙な感慨にとらわれた。

「……なに、そのうちになんとかなるさ」

と気休めをいったものの、一旦指名手配というところまで来てしまうと、面倒なことになったと思わざるを得ない。今さらいろいろ工作をしてみても、一度手配されたものは、撤回ということにはならない。彼には、電話口で涙声を出す細君をなだめるすべがなかった。

「今、どこにいるの」

と訊ねる彼女に、彼は、

「大阪だ」

と出まかせをいい、

「ちょいちょい電話をするから」

と、電話を切った。その時、彼は福岡にいた。

九州の友人に、金策を頼んでいたのである。

商売上のことから、四五日身をかくすということは、それまでにもしたことがあるが、本格的な逃避行となると、彼にも経験がなかった。ただ、新幹線と飛行機だけは、どうも危険なように思えて、それは避け、もっぱら普通列車を利用した。

思い出して、大阪の知人の家へ電話すると、刑事が現れたという話であった。それを聞いて、彼は、自分が手配中の身であることを実感した。

彼は、行きずりの理髪店でそれまで長めだった髪を短く刈らせ、眼鏡をコンタクト・レンズに替えた。馴れないコンタクト・レンズは、はじめなかなか目に馴染まなくて、涙が出たが、そのうちに、これも悪くないと思うようになった。

服装も、経営者然とした縞《しま》のスーツを、地味な替え上衣とスポーツ・シャツに改めた。

その恰好で、ホテルの部屋の鏡の前に立ってみると、写っているのは、他人のようであった。なによりも、長年掛け続けて、身体の一部のようになっている眼鏡がないのが、大きな変化になっていた。彼は、大いに満足して、その姿を細君に見せてやったら驚くだろう、などと考えた。鏡のなかの顔は、心労でいくらか窶《やつ》れては見えるが、全体の姿はいくつか若返ったようにさえ思える。彼は苦笑し、突然こみ上げてくる怒りを感じた。手配さえされていなければ、そのまま家に帰ることも出来、行きつけの店を廻って、顔馴染みと、面白可笑しく過すことも出来る筈であった。

彼の処世観からすれば、商売は、やるかやられるかであった。少々荒っぽい考えかもしれないが、欺《だま》すか欺されるか、利用するか利用されるか、そのどっちかで、欺された方だって、初めは欺すつもりが、結局欺されてしまったに過ぎない。商売とは、どんな綺麗ごとをいってみても、もともとその種のもので、やった方もやられた方も五十歩百歩なのである。たまたまそういう結果になったからといって、騒ぎ立てるのも可笑しいし、法に訴えて、制裁を加えようとするのは、もっとアンフェアだ。彼の論理からすると、彼をそこまで追い詰めた相手は、いわば商売人の風上にもおけない奴というほかはなかった。彼のやり口が、いささか度を越して悪どいものであり、法に触れるものであっても、それはお互いさまで、被害者の側に廻ったときだけ法の袖にすがろうというのでは、話がうますぎると思う。

とはいうものの、彼の方も、いささか後悔していた。相手の出方を、甘く見過ぎたところもあったし、たかを括って、手を打つのが遅れた面もあった。こんな風に身も蓋もない状態になる以前に、なんとか事態を収拾することがいくらも出来たのに……。そう思うと気持が暗くなった。

ふと、我に返ると、目の前の灰皿に置いた吸いさしの煙草が長い灰になって、火は灰皿のふちで消えていた。彼は、少しばかり残っている冷たくなった珈琲を飲み干して、立ち上った。

ぶらぶらと街を歩き、ときにはパチンコ屋に入ったり、映画を観たりして時間を潰す。毎日がそんな具合だった。会社のことも気になったが、電話も、そう度々は掛けるわけに行かない。

書店に入って、旅行と書いた札のついた棚から、東北の旅行ガイドを探して買った。この際、行ったことのない土地を見てみたいと思う。時間はもてあますほどある。こんなときでなければ、行きたいところへは行けない。

どこか雪深いところの温泉にでも行って、ゆっくりと身を隠しているのもいい。音もなく降り積む雪を眺めていたら、どんなにか気が休まることだろう。

晩飯をすませてから、ホテルに帰った。

エレベーターに乗ると、あとからもう一人、男が乗り込んで来た。気がつくと、朝がた玄関ですれ違った男だった。男はそ知らぬ顔をしていたが、あの男に違いなかった。

二人は、同じ階で下りた。彼の方が先になった。ドアを開けて自分の部屋に入ると、すぐ隣の部屋のドアを開ける鍵の音がした。男は偶然にも隣合せの部屋の客だったのである。それで二度、顔を合せたことになるが、彼にはまだどこで見掛けた顔なのか思い出せなかった。

独りきりになると、やはりなんとなく人恋しいような気がして、彼は、受話器を取り上げると、マッサージを頼んだ。

ゆっくりと風呂を使って、上ってくると、時間通りにマッサージの女がやって来た。小太りで、若いという程ではないが、ちょっと見られる女だった。揉んで貰いながら、とりとめのない話をしているうちに、女は近くの治療院から来るのだといった。

「寒いのよ。夜中過ぎると、うんと寒いの」

「そんなに遅くまでかかるのかい」

「ええ、一時頃受けると、終るのは二時三時でしょう。帰りが寒いのが一番辛いわ。あたし、北の生れだから」

「北の生れなら、寒さは平気だろう」

「そうじゃないわ。北海道は暖房がよく利いてるから、寒い思いなんかしないの。こっちの方が、よっぽど寒いの。こっちへ来てからよく風邪を引くようになったわ」

「そんなもんかな」

「軟かい手をしているわね。働いたことなんてないみたい」

彼は、その手を握ったまま離さなかった。

女の方も、無理に振り解こうとはしなかった。そんなことには馴れているらしい。

「いいだろう。どうだい」

「……ここはうるさいのよ」

それも、口先のことで、何度も、内証にしてねと念を押してから、女は服を脱いだ。

一度結婚したんだけど、早く別れちゃってね、と女はいった。本当かもしれなかった。肌が若かった。しばらく女と接していなかったこともあって、彼はいつになくしつこく女を苛《いじ》めた。自分をここまで追い込んだ連中を相手に、何度となく刃物をふるっているような快感を味わっていた。

女が帰って行ったあとも、彼はしばらく興奮したまま眠りに就くことが出来なかった。隣室からは、低い話し声が聞えていた。そのうち、それは、テレビの深夜映画の声らしいことが解った。隣の男も眠れずに起きているのか、それとも、つけっ放しのまま寝入ってしまったのか、その声は、彼が眠りに落ちるまで続いていた。


翌朝、彼は、ベッドのなかで心を決めた。

しばらく東北へ行って来よう、と思った。

東北は、縁もゆかりもない土地である。その点、心細くはあるけれど、安心であった。とにかく、出発しよう。一箇所に愚図愚図しているのは得策ではない。それに、部屋の予約も、一応その日までになっていた。

彼は手早く荷物をまとめた。

持って出たスーツケース一つで充分だった。

それを提げて、階下に下りた。

エレベーターから、ロビーに一歩踏み出したときに、なにか、虫の知らせのようなものがあった。

ロビーのソファに腰かけている男が目に入った。

煙草を手にして、一見寛《くつろ》いだ様子を装ってはいるが、ちらちらとフロントの方を窺っている。

フロント・デスクの前には、何人かの客が立っていた。ほとんどはチェック・アウトをする客らしく、鞄を手に提げたり、大きなスーツケースを足元に置いたりしている。

気がつくと、その傍のソファにも、レインコートの男が坐っている。荷物はなにも持っていない。

彼は、そろそろと手近の男の目を避けて、ロビーの柱の蔭の椅子に近づき、うまくそれに掛けた。

その場所は、ロビーの男からは盲点になっている。その男は、エレベーターから下りて来る客を見張る役をしているのだろう。彼は、偶然その男がフロントの方に気をとられている時に、エレベーターから下りたのである。ほんの二三秒の間の幸運であった。

フロントへ行くには、ロビーを横切らなければならなかった。そして、フロントの前にはもう一人が待ち構えている。もし裏口に出ることが出来れば、と、柱の蔭からそっと窺った彼は、たちまち絶望した。雑誌や煙草の売店があって、その店先で、三人目の男が雑誌を拾い読みしながら、裏口への道を遮断している。

三人の男は、明らかにホテルの客ではなかった。

彼は、柱の蔭の椅子に掛けたまま身を縮めていた。息苦しく、がんがんと耳が鳴った。

その時、エレベーターのドアが開いて、ボストン・バッグを提げた男が出て来た。

隣の部屋の男だった。なにげなくフロントの方へ歩いて行くその男の後から、ソファの男がすっと腰を上げた。

いつの間にか、フロントの前に坐っていた男も立ち上って、前後から挟み打ちにする形になった。売店のところから歩み寄って来た男がそれに加わった。

まったく、あっという間に、隣の部屋の男は、三人の刑事に連れ去られてしまった。抵抗をする間もなかった。

柱の蔭で、その一部始終を見届けた彼は、やがて、気を取り直すと、フロントの前に立って、係の男に話し掛けた。まだ足はがくがくとしていたが、声は確かだった。

「なんだね、今の捕りものは、驚いたよ」

フロントの男は、まだ興奮していた。

「手配中の殺人犯です。私が新聞の写真を憶えておりましたもので、すぐ警察に知らせたのです。いや、しかし、気がついたときには、私も驚きました……」

セメントの花

昼飯のあと、岩間は、下僚の高見と、近所の喫茶店で珈琲を飲んでいた。

そこへ、同じ役所の平岡が、ひょっこり顔を出した。

「多分、ここだろうと思ってね」

と、平岡は前置きをして、

「折入って頼みがあるんだけれど、いいだろうか」

と、立ったまま切り出した。

高見とは、無駄話をしていたところなのでべつに差支えはない。

「じゃ、私はお先に……」

と、高見は気をきかせて立って行った。

「なんだい。改まって……」

ウエイトレスが来て、テーブルを片付け、註文を取って行ったあとで、岩間は、平岡に聞いた。

「いや、それがね」

平岡は、ちょっと照れ臭そうな顔をした。この男にしては珍しいことである。

「二三枚、文章を書いて貰えたら、と思うんだが……」

「へえ」

岩間はびっくりした。以前、広報課にいた時代に、仕方なく、短い記事の筆を取ったことはあるが、それ以外に、ものを書いた経験というのは、仕事の上の文書しかない。

岩間が驚いているのを見て、平岡はこういった。

「なにも、難しいことを書いてくれというわけじゃないんだ」

そして、

「……実は、柄にもなく、今度、本を出すことになって、その序文をお願いしたいんだよ」

と補足した。

岩間は、ますます驚いた。

ふうん、と唸ったまま、二の句が継げなかった。

「ふうん」

と、もう一度唸った。

「そりゃ凄いじゃないか。で、どんな本を出すの」

「いや、そんな大したものじゃない。ほんのささやかな……、自費出版なんだがね」

平岡は、照れていた。

「……句集なんだよ。今までに作った俳句が、だいぶ溜ったもんだから……」

彼は、借金のいい訳でもするような口調で、そう説明した。

岩間は、それで合点が行った。平岡に俳句の趣味があることを、以前、誰かから聞いたことがある。

（あの男が俳句を作るんだからねえ。人は見かけによらないよ）

そんなふうに聞いたと思う。

（それがねえ、わりにいいんだって。もう、半分玄人みたいなもんなんだって……）

岩間は、そんな噂を耳にしたとき、月並みだが、人間にはいろいろな面があるものだなという感想を抱いたものである。

平岡は、土木課の課長補佐である。その区役所では、平岡も岩間も、最古参であった。課長補佐といっても、土木課ならば、権力は大きかった。その土木課でも、若い課長は名目だけで、実際は平岡が全部取り仕切っているといってもいい。経験でも顔が利くという点でも、並ぶものはいない。一部では、蔭で、平岡のことを、「局長」と渾名《あだな》する連中もいた。局長という役職はないが、朝、役所の玄関を入って来る時や、会議の座長を勤める時の平岡には、まさに局長というにふさわしい風格があった。

岩間と平岡は、古参同士だが、あまり仕事の上での交渉はない。だから、角つき合ったりすることもなかった。岩間は、いつも第三者の目で平岡を見ていた。とかく嫉視《しっし》を買い易い平岡だけれど、岩間の見たところでは、区役所の吏員としては、得難い男であった。

黙っていても、そうした感情は、なんとはなしに相手に通じるらしい。めったに顔を合せることはなくても、平岡の方も、岩間に対して友好的であった。もっとも、たまに廊下で出会ったり、手洗いで一緒になったりするくらいだが、そんなとき、平岡は、他意のない笑顔を向けて来た。岩間も自然にそれに応じた。お互い古株同士という意識もあったし、岩間の方は、平岡がそんな具合に、自分を認める態度を示すのが嬉しくもあった。

だから、ときどき岩間の下僚たちや、他の課の連中の間で、こっそり囁かれる平岡批判を耳にし、同調を求められることがあっても、岩間は首を振った。

「そうは思わんな。人間、誰だって、癖はある。少々アクが強くたって、大まかな筋が一本通ってりゃ、それで立派なもんだよ」

それと正反対の意見を期待していた男たちは、内心大いに失望したようであった。それ以来、岩間は、若い連中の間での信用をすこし失ったらしい。しかし、岩間から見れば、若い彼等が上司をあれこれ批評して、自分たちを正当化しようとすることの方が聞き苦しく思われた。いったい、彼等は、自分たちがどれ程の働きをしていると思っているのだろう。

（どいつもこいつも、はんぱ人足の癖しやがって……）

同輩の或る課長が、酔っ払った挙句、ふだんの鬱憤を洩らしたときに、岩間は同情した。いつもは温和《おとな》しい男だけに、痛切であった。

その翌日、役所で見掛けたその男は、いつも通りの、間伸びのした、目立たない男に返っていた。岩間は、哀しいな、と思った。同じ年輩の男として、なぜだか哀しかった。

「しかし、弱ったな、俺にそんなものが書けるかしらん」

岩間は、嬉しかったが、当惑もした。

岩間の感覚からすれば、句集の序文などというものは、世間的に名の知れた人物か、その道の専門家が書くものだろうと思う。俳句に無縁な、無名人の彼の出る幕ではないという感が強い。それに、文章を書く自信など、これっぽっちもない。

それをいうと、平岡は、笑いもせずにいった。初めから予期していたようだった。

「そこがいいんだよ。専門家じゃ面白くない」

「……だったら、例えば、区長に頼んでみたら……」

「駄目だよ。紋切り型になるに決ってる。そうしたくないんだ」

俳人を気取ったり、紋切り型に陥ることは絶対に避けたい、というのが、平岡の主張だった。

「つまり、実生活者の俳句、一無名人の俳句、という感じにしたいんだ。だからね、あなたにも、そういう観点から、序文を書いて欲しいと思うんだ」

「難しい註文だな」

「べつに、そう難しくないよ。あなたが広報にいた頃、ときどき書いていたろう。あれ以来、目をつけてたんだ」

「へえ」

岩間は意外だった。思わぬところで、買われていたものである。

「俺の句集はね。同じ年代の男たちに読んで貰いたいんだ」

と、平岡はいった。

「営々と区役所で叩き上げて来た男が、人生に対してどんな感慨を持っているか、それを読み取って欲しいんだよ。それをいちばん解ってくれるのは、やっぱり年恰好も同じで、同じような苦労をしている年代の男だろうと思う。あなたに序文を書いて貰いたいというのも、同じ理由からなんだ。俳句のことや、俺のことはどうでもいい。自分のことを書いてくれりゃ、それが立派な序文になると思うんだ。そうだろう」

平岡は、そういった。

「あんたは説得力があるな」

岩間は、感心した。

「それじゃ、引き受けてくれるね」

平岡は嬉しそうだった。

「頼むよ。一週間以内に原稿を渡すから、参考に目を通してくれ」

平岡は、そういうと、テーブルの上の伝票を素早く攫《さら》って立ち上った。岩間が立ち上った時には、平岡は、もうレジの前で財布を取り出していた。

それから間もなくして、岩間の自宅に、原稿の包みが宅急便で届けられた。

いわゆるゲラ刷りであった。

目を通してみて、岩間は感心した。素人の出す句集には、正直なところ、衒気《げんき》ばかり匂って、やり切れないものが多いが、平岡の作った句は、どれも真率で、迫力があった。俳句として、どれほどの価値があるのかは、岩間には判定が出来ないが、彼が感じたのは、一途な懐旧の情と、孤独感であった。それは、ふだんの平岡からは窺い知ることの出来ない、別の顔である。

岩間は、動かされた。

なんとか出来上った序文の原稿を渡すと、平岡は、その場で読んで、気に入ったようだった。

何度も、有難うを繰り返した。

「句集の題名は、なんと付けるんだい」

岩間が聞くと、

「セメントの花、と付けたいんだが……、妙かなあ」

と、平岡は答えた。

「セメントの花?」

岩間が聞き返すと、平岡は、そうだといった。

「勤め始めてから、検査やら立会いやらで、ずっと現場のセメントの匂いばかり嗅がされて来たからなあ。俺にはなまじな花の匂いより、セメントの匂いの方が懐かしいんだ」

平岡は、にやりとした。

「どうだろう。突飛すぎて解り難いかね」

「なるほど、セメントの花ねえ」

岩間は、口の中で、何度か繰り返して唱えてみた。

「奇抜だけど、全体の印象がよく出てるんじゃないか。それで行ってみたらどうだ」

句集の題は、そう決った。

序文も印刷屋に入って、あとは指折り数えて完成を待つだけになった時、事件が起った。

発端は、ある建設業者の不始末から始まった。

その業者が、工事の不正入札を常習にしていたのが暴露されて、それがきっかけで、あちこちの官公庁の担当者との、いわゆる癒着に、法のメスが入った。

多分、入札に敗れた他の業者がさしたのだろうということだったが、火の手が段々に拡がって、その区役所にも及んだ。

土木課長補佐の平岡が、三日間ばかり休んだ。その筋に出頭して、事情聴取されたらしいという噂が、たちまち伝わった。所内は、その噂で持ち切りになった。

「おそかれ早かれ、そんなことになるだろうと思ってた。時間の問題だったよ」

と、いい放つ男もいた。

「これで、あの男もお終いだな」

と溜飲を下げたようにいう男もいた。平岡の羽振りの良さに、日頃から好感を持っていなかった連中である。

癒着とははっきりいえないまでも、なにかある、というのは、誰でもうすうすは知っていた。

それに、担当する課によって、厚い薄いはあるものの、多少の役得や手心は、どこの課にもある。ただ、毎度槍玉に上るのは、まず土木の関係である。それは、扱い額が桁はずれに大きいことと、業界の荒っぽい体質などからも来ているらしい。

平岡がいない間、土木課は、課長はじめ、課員の末まで、仕事も手につかない様子だった。課長は、何度も区長に呼ばれて、なにごとか協議を重ねていた。

別の部屋で事務をとっている岩間にも、きな臭い空気がひしひしと感じられた。

公務員の多くは、こうした場合、法の網にかかった奴は運が悪かったのだと考える。長年勤めている間に、善悪の感覚が鈍ってしまうという言いかたもあるが、末端ばかりが摘発されて、上へ及ぶことがないという現実を考えると、運不運のような考えかたをしない限り、自分に説明がつかないからである。

岩間も、昔は、先輩たちのこうした受けとめかたに反撥していたが、次第に、その考えかたにも一理があると認めないわけにいかないと思うようになっていた。法といっても、善悪の観点から運営されているのではない。法を動かしているのは、力である。

平岡が四日ぶりに出勤すると、役所のなかは、一見平静に見えたが、その実、私語や囁き、流言の類で沸き立った。

岩間は、平岡のことを心配していた。

迷った末に、電話を掛けたが、平岡は自分のデスクにいなかった。

昼前になって、平岡の方から岩間のところに電話が掛ってきた。そして、一緒に昼食をとることになった。

平岡は、さすがにやつれて見えた。

顔色も冴えないし、赤い目をしていた。

「大変だな。大丈夫かい」

あまり適切な表現ではないと思ったが、そんな言いかたしか思いつかなかった。

「いやあ、ちょっと疲れたね」

平岡は、苦笑した。

「相当手きびしいもんだよ。言葉だけは丁寧だが、しつこいこと、しつこいこと」

岩間は、その内容を知りたかったが、平岡は、それとなく話をそらせて、別の話題に移ってしまった。

「なにしろ厳重に箝口令《かんこうれい》を布《し》かれてるもんでね」

役所の玄関を入りながら、平岡は、岩間の耳にそう囁いた。

岩間は頷いた。そうだろうなと思った。

「なにか助けになれりゃいいんだが」

彼がそういうと、平岡は頭を下げた。

「感謝するよ。でも、大丈夫だ」

そこで二人は別れて、それぞれ自分の課へ戻った。

その後、事態はますます悪くなった。

今度は、課長が呼ばれて、事情聴取を受けた。

続いて、また、平岡と、部下の一人が呼ばれた。

そして、とうとう悲劇が起きた。

その晩、岩間は帰宅して風呂に入っていた。

細君の叫ぶ声が聞えた。

「あなた、大変、平岡さんが死んだわ」

岩間は、風呂から飛んで出た。タオルだけは巻いたが、雫《しずく》がしたたって、下を濡らした。

細君は、テレビのニュースを観ていて、気がついたのである。

岩間が来たときには、もう画面は変っていた。

細君の話では、平岡は飛び降り自殺をしたらしい。目下取調べ中の事件を気に病んで、その結果の自殺らしいとテレビは報じていたそうである。

「そうか……」

岩間は、呟いたまま、その場に立っていた。

まだ半信半疑だった。考えられないことではなかったが、そのまま素直に信じるには、あまりにも唐突な気がした。

平岡の死から、葬儀、初七日、と、岩間は、呆然と日を送った。

平岡の死の翌日、彼から岩間あてに、現金書留の封筒が届いた。

封を切ると、なかから一万円札が二枚出て来た。一緒に、彼の筆蹟で、

(些少《さしよう》ながらこれは原稿料です。お忙しいなかを有難う)

と認《したた》めた紙片も入っていた。

(そんなこと、忘れてくれりゃよかったのに……)

と、岩間は心のなかで呟いた。

平岡の死について、区役所のなかでは、いろいろな取沙汰がされた。

(強いようで、脆《もろ》いところがあったんだな。攻めてる時には強いんだが、一旦守りに廻ると弱い人っているんだよ)

という声もあったし、

(はかないもんだね。あれだけ元気だった人が……)

と、さすがにしんみりした声もあった。

(あれはね。平岡さんらしいやり方ね。本当は、もっともっと上層部まで、引っ張られるとこだったんだ。根が深いからね。それを自分のとこで断ち切っちゃったわけさ。やり手らしい最

期ってとこかなあ）

そういう見方もあった。

事実、その後の捜査は、平岡の死があってから次第に尻すぼみになって、迫力を失ったようである。

彼の死後、ひと月余りして、句集が刷り上った。

贈呈の名簿は、平岡の手で、ちゃんと用意されていた。

それに従って、岩間は、句集〔セメントの花〕を、一冊ずつ配って廻った。

白の、凝った紙の表紙に、あざやかな赤の題字の、瀟洒《しようしや》な句集で、評判もよかった。

日ざかり

須藤から、那須の別荘に来ないかと誘われたとき、中根は、はじめ、あまり気のない返事をした。

酒場での話である。

「相変らず、尻が重いんだから」

須藤は、にやにやした。

ながいつき合いだから、万事承知の上である。

「まあ、一度来てみろよ。まだ一度も来てないじゃないか」

その通りであった。

以前から、誘われているのに、毎度行きそびれて、気がついてみると、また一年が過ぎている。

「駅はどこだい」

「黒磯だ」

「新幹線じゃないのか」

「新幹線でもいいが、却って遠くなる」

「ふうん」

「黒磯までの特急があるんだ。……たった二時間だぜ」

「そうか」

「どうだい、この週末あたり」

「そうだな、べつに約束もないし」

「よし、それで決った」

「あら、いいわねえ」

と、その酒場のママが、羨ましそうな顔をしたが、須藤はとりあわなかった。

「ママは、また今度」

「あら、嬉しい、呼んでくださるの」

「うん、一人だけでな。今度は駄目、女房が居るから」

「奥様いらしてもいいのよ」

「ばかいえ、それじゃ面白くもなんともねえ」

そんな会話があったのが、月曜日で、週なかに、須藤が電話で、念を押してきた。

「そのつもりでいるよ」

「ああ、こっちも、そのつもりでいる」

「女房もよろこんでるよ。おれと二人っきりじゃ、気が滅入るんだって」

そして、須藤は、

「ひとつ、頼まれてくれないか」

と、いった。

中根のほかに、もうひとり、女の客を招待しているのだが、その女性を一緒に連れて来てくれという頼みである。

「女って、婆さんか」

須藤は、笑った。

「中っくらいだな」

「そういうところをみると、きっと婆あだな」

須藤は、げらげらと笑った。

「面倒だろうが、頼むよ」

中根は、結局、ひき受けることになった。


金曜日、中根は、会社を早めに出た。

二時ちょっと前に出る列車である。

上野の駅は、しばらくぶりだけれど、あまり変っていない。

須藤が指定してきた場所に立って、中根がきょろきょろ見廻していると、ひとりの女が、むこうから歩み寄って来て、

「あの、中根さんでいらっしゃいますね」

と、声をかけた。

中根は、おやおやと思った。

予想が、まるで外れたのである。

須藤から聞いていた名前も、誤解のもとであった。

今田さち子という、ごくありきたりの名前である。その名前からは、どんな名探偵でも、イメージをふくらませることは難しいだろう。

中根の目の前に出現した今田さち子は、大柄でしかもなかなかの美形である。威風堂々というか、中根は、海から揚ったばかりの、いきのいい鰹を連想した。そして中根は、須藤が、なんだか上機嫌だった理由を了解した。

中根が面食らってへどもどする場面を予想して、北叟笑《ほくそえ》んでいたに違いない。

中根は、まんまと嵌《は》められたと思った。

今田さち子は、しかし、なかなか結構な連れであった。

体型の通り、のどかで、屈託のなさそうなところが、気楽でいい。

「須藤のやつも、ひとがわるい」

特急の名前は、「なすの」という。

向い合った席に落ち着くと、中根は、さち子に、そういった。

「どうしてですか」

さち子は、ちょっと首を傾げて聞き返した。

「もっと、お婆さんのつもりだった」

さち子は笑った。

「お婆さんですわ」

「いや、ほんとのお婆さんみたいなことを、いってたんですよ。だから、参ったなと、恐れてたんです。お相手が大変じゃないかって」

さち子は、面白そうな顔をした。

「私は、お婆さんの上にお喋りだって、須藤さんは、いつもおっしゃるんです」

「わるいやつだ」

さち子は、くすりと笑った。

「今頃、くしゃみですわ。……那須は、冷えるな、なんて、おっしゃってるかもしれません」

初対面の空気がほぐれるのに、時間はかからなかった。

二時間ばかりの車中を、中根は楽しく過した。まだ充分に色香を湛えた女と、間近に向い合っているということが、彼の気持を温かく満たしていた。

中根は、自分でも、はっきりとそれを感じていて、内心、苦笑をしていた。妙にうきうきしている自分が可笑しかった。

しかし、いつになく和んだ気持でいる自分を思うと、いささか気にもなった。

つね日頃、身辺の淋しさなど感じたことはなかった中根だが、それはただ、自分を駆り立てて、忙しさのなかですべてを忘れようとしていたのではなかったのだろうか。

本当は、自分はとめどもなく淋しい人間で、いつか、その淋しさを嚙み締めることに耐えられなくなってしまうのではないだろうか。

中根の胸の、奥の奥には、そんな微《かす》かな不安が、頭を擡《もた》げかけていた。それは、仕事を離れて、のびのびと気持を遊ばせているときに、ときとして忍び寄ってくる不安であった。微かだけれども、確かな気配であった。

「どうだった、美人と道中は。わるくなかったろう」

別荘に着くと、須藤は、中根の顔を見るなり、そう囁いた。

「すっかり間誤《まご》ついちまったよ。ひとが悪いな、あんたも……。婆さんなんていうもんだから、すっかりその気でいたら……」

中根は、さち子の方を気にしながら、怨み言をいった。

さち子は、須藤の細君と、賑やかに挨拶の交換をしていて、聞かれる心配はなかった。

須藤の別荘は、御用邸に近いあたりに位置している。那須野が、そろそろ山にかかろうというところで、広い眺望に恵まれた絶好の場所である。かなり昔に建てられたとみえて、建物はすっかりくすんで、周囲の景色のなかに完全にとけ込んでしまっている。

「素晴らしいな、……こんな素晴らしい所だとは思わなかった」

中根は感嘆した。さち子も、全く同感らしかった。

「この場所に、この広さだからなあ。いつからなの」

「祖父の代だから、まだ大正の頃だな。その頃は、まだ、うんと鄙《ひな》びていたらしいがね。家の方は、その後建て替えてね。それもごらんの通り、ボロ家になっちゃって、……とっくに建て替えなくちゃならないところなんだが、なかなかねえ……」

「建て替えるんなら、今度は、うんと小さくて、便利なのにしようって、いってるんですのよ」

と、須藤夫人はいった。

「その方が、万事いいのかもしれないが、しかし、ぼくは、古くて広い昔の建物が好きだなあ」

「それがねえ」

須藤夫人は、恨めしそうな顔でいった。

「昔のように、人手のあった時代はよかったんですけれど、今はこのへんの人たちも、ずっと割のいい働き口があるもので、なかなか頼めないんですの。ですから、なにからなにまで自分たちでやらなくちゃならなくなってね……。わざわざ疲れに来るみたいだって、この人なんか、文句たらたらなんですの」

「しかし、昨日は、おれはよくやったぜ」

と、須藤は中根にいった。

「廻りをすっかり掃いて、ヴェランダを洗って、それから何をしたかなあ……」

「お昼寝をしたわ」

「昼寝もしたけれど、お前の方が、もっと寝たぜ」

「だって、家のなかの片づけが大変だったのよ。鳥が巣をつくっちゃって……」

「そうなんだよ」

夫があとを引きとって説明した。

「どこから潜り込んだんだか、よく解らないんだがね。そこの梁《はり》に巣をつくられるわ、あっちこっち、つっつき廻されるわ、目も当てられない状態だったよ」

「そんなことがあるんですの」

さち子は目を丸くした。

「あるんだよ。うっかり窓を閉め忘れて帰っちゃったりすると、てきめんさ」

「でも、鳥の方も可哀そうだわ。せっかく巣をつくって、卵でも孵そうとしていたところかもしれないのに……」

さち子がそういうのを聞いて、須藤はちょっと嬉しそうな様子をみせた。そして、彼女を、からかうように、こういった。

「ほう、同情的だな。そういうところをみると、あなたも、そろそろ巣づくりをしたくなったのかな」

「知らない」

と、さち子は、笑いをふくんだ声でいった。

「意地悪ねえ」

那須は、あたりに牧場が多いせいもあって、肉がいい。

晩餐は、須藤夫人の手を省く意味もあって、近くの旅館に予約がしてあった。

川魚や山菜を取り、メインに、すき焼きをたっぷりというコースで、四人ともすっかり堪能した。

「ああ、これでまた肥っちゃうわ」

と、須藤夫人も、さち子も嘆いた。

「おれも、医者にはいえねえ」

と、須藤も呟いた。

須藤のコレステロール値は、自称ギネス・ブックものだそうである。

「おれの中性脂肪値を聞いたら、諸君、驚くぜ……」

負けずに、中根も自慢げにいった。

そして、みんな、顔を見合せて苦笑した。

「情けねえなあ。自慢するにもこと欠いて」

須藤は、酒でてらてらする額を撫でながら、慨嘆した。

中根は、夜中に、ふっと目を覚ました。

喉がひどく乾いて、しかたがない。

酒のせいだった。

枕もとのスタンドを点けて、時計を見ると三時を廻ったばかりである。

中根は、しばらくぐずぐずした末に、起きあがると、音を忍んで階下へ降りていった。

勝手の知れない家のなかを、間誤つきながら、やっと台所を捜し当てて水を飲み、また二階へあがると、すっかり目が覚めていた。

煙草を点けて、床の上にあぐらをかくと、冷気が身にしみて、中根は、あわてて、また、床にもぐり込んだ。

風のない夜で、耳を澄ましても、聞えるのは虫の音だけだった。

虫の音は数限りなく聞えていた。広大な原の到るところで鳴いているように思えた。

じっと、それに耳を傾けていると、例の、微かな影が、中根の気持のなかに忍び込んで来るのがわかった。いいようのない淋しさと不安である。水のように、かたちがなく、捉えることも出来ない……。

中根は、また、頭の片隅で、さち子のことを考えていた。あれはどういう女なのだろうと思った。独り暮しときいたけれど、何を考え、どんな風に暮しているのだろうか。あの女は、時として、影のように忍び寄る淋しさや不安というものの存在を知っているのだろうか。

中根は、同じ屋根の下の、どこかの部屋でやすらかに眠っている筈の、さち子の寝姿を想像してみた。しかし、いくら想像力をかき立ててみても、豊かな胸と、しっかりとした腰がちらちらとするだけで、さち子らしい面影は浮んで来なかった。

二度寝をしたせいか、中根は、かなり寝過して、目を覚ましたときには、もう日が高かった。

階下では、賑やかな話し声がしていた。

中根が階段を降りかけると、コーヒーの香りが漂って来た。

洗面所へ行く途中で、台所をのぞいてみると、さち子がコーヒーをいれているところで、中根を見ると、にっこりして、

「お早うございます」

と、会釈した。

「お早う。……いい香りだ」

中根は立ち止まって、さち子が、お湯のポットをあやつる手際に眺め入った。

「ふうん……」

「随分、よくお寝《やす》みになったのね」

さち子は、湯の流れから目を離さずに、そういった。

「うん。……馴れたもんだね」

「毎朝のことですもの。……でも、いつも使ってるポットじゃないので、勝手がちがっちゃって」

「それにしても、鮮やかなもんだ。……須藤たちは」

「ヴェランダでしょう。すぐコーヒーを持って行きます」

須藤夫婦は、ヴェランダの大きな日傘の下で、向い合って、新聞を読んでいた。

「お早う」

と、声を掛けると、須藤は老眼鏡越しに中根を見て、

「寝坊すけだなあ。おれたちは、もう、そのへんをひと廻り散歩して来たんだぞ」

と、威張った。

「そう威張っちゃいけない。おれなんか、三時に目が覚めちゃってさ。無理に寝たら、結局今さ」

中根は目を擦《こす》った。日が眩しかった。まだ寝足りないような気がした。

「まあ、掛けろよ。いま、彼女がコーヒーをいれてくれてる」

「ああ、いま、見物して来たよ」

「そうか。……丁度いいや。彼女が来ないうちに、聞いとこう」

須藤は中根をじろじろと眺めながら、

「どうだい、彼女……」

と、いった。

「どうだって、なにが……」

もちろん、須藤の質問の意味はよく解ったが、中根は空っとぼけて、須藤を焦らした。

「なにがって、……わかるだろう」

中根は、にやにや笑って、いった。

「よくわかってるよ。さち子さんを貰う気はないかっていうんだろう」

中根が動じないので、須藤は拍子抜けしたように見えた。

「実はね……」

と、細君が、助け舟を出した。

「……私も、さち子さんのことなら、よく知っていますし、あの人ならお気に入るんじゃないかと思って、夫婦共謀でお引き合せしたんですけれど……」

「ええ、うすうすそれらしき気配を感じたのでね。有難いなと思ってたんです」

「あら、じゃ、知ってらしたの」

「ええ、上野で、さち子さんに会ったときに、あれっ、と、思ったんですよ。こりゃお見合いに違いないって」

「ふうん……」

須藤が呟いた。

「案外、いい勘をしてるんだな」

中根は、にやにや笑った。

「……で、どうだい」

「そうだな」

「好みじゃないのか」

「いや、そんなことはない」

「性質はいいし、だいいち、おとなだ」

「売り込む必要はないよ。よくわかってる」

「それじゃ、いうことなしじゃないか」

「うん。……しかし、おれもすっかり臆病になってな」

中根は、真顔になって、いった。

「さち子さんの方だって、離婚の経験があるんなら、結婚はもう面倒でいやだと思っているかもしれない」

中根は、そこで、須藤夫婦の顔を等分に見ながら、こういった。

「一度、独身生活の習慣がつくと、なかなか抜けないもんでね。しばらく時間を下さい」

そこへ、コーヒーのセットをのせたお盆を持って、さち子が現れた。

「中根さん、お見合いしたんですって？　すごい美人ってほんと？」

いつもの酒場で、そう聞かれて、中根は、

「ほんと、ほんと」

と、答えた。

「それで、再婚しちゃうの？」

「さあね」

中根は、グラスの底を覗き込みながら、いった。

「それは、おれにもわからない」

巣立ち

「ピー子、逃げちゃった」

谷の顔を見るなり、さと子は、そういった。

「へえ」

谷は、ゆっくり、靴を脱いだ。

ついでに、靴下も脱いでしまった。

跣足《はだし》になると、廊下のひやりとした感触が快い。春だというのに、真夏のような日だった。

「スリッパ、履かないの」

「いや、この方が気持がいい」

谷は、リビング・キッチンの椅子に、背広の上着を引っ掛け、隅のソファに、どすんと腰を下した。ネクタイは、駅を降りた時から、もう緩めている。

「ふう、暑かった」

さと子は、持って来たスリッパを、谷の足もとに置くと、冷蔵庫を開けて、冷やした紅茶をグラスに注いだ。谷も、さと子も、冷やした紅茶を年中飲む。

谷は、紅茶を飲み干すと、人心地がついたような顔になった。

「ピー子、どうしたの」

「逃げちゃった。ちょっと油断してたら……」

さと子は目顔で、奥の和室の、明りとりの窓を示した。

「すかしてあったのよねえ。そこから出ちゃった」

ピー子は、手乗り文鳥で、飼い始めてから、ひと月くらいになる。だいぶ馴れて、さと子の指から餌を食べるようになっていた。ときどきは籠から出して、部屋のなかで遊ばせていた。

その日、さと子は、うっかりしていて、その窓がすかしてあったのを忘れていた。文鳥は、そこから出て行ったのである。

文鳥は、窓から飛び出すと、一旦、ヴェランダの手摺《てす》りにとまった。

さと子が慌ててヴェランダに出ると、その気配におびえた文鳥は、飛び立って、下の庭の木の枝へ舞い降りた。

谷たちの部屋は、その社宅マンションの三階にある。

さと子が息せき切って、駈けつけたときには、文鳥は、もう、その枝に居なかった。どこかへ飛び去ったあとだった。

「あたし、がっかり」

さと子は、しょげ返っていた。ひどく気に入って可愛がっていたのだから無理もないが、といって、どうすることも出来ない。

「仕方がないさ。……その辺を探してみるか。どこかの家の庭にいるかもしれない」

さと子は、首を振った。

「たぶん駄目よ。もう何時間も経ってるもの」

それでも、谷とさと子は、夫婦して、あたりを探して廻った。どこをどう探せばいいのか解らない。二人とも初めての経験である。

彼等の社宅の廻りは住宅地で、緑が多い。

「なんだろうと思うでしょうね」

と、さと子がいった。

「なにが」

「二人で、きょろきょろして歩いて」

「そうか」

谷は苦笑した。

「……そういえば、泥棒の下見のようでもあるな」

そのうちに段々暗くなって、二人は捜索をあきらめるしかなくなった。

気がつくと、かなり遠くまで来ていた。

さと子は、突然カツカレーが食べたくなった、といい出した。

「でも、カツカレーを出す店は、あんまりないぜ」

谷が困った顔をすると、さと子は嬉しそうだった。さっき通り過ぎた角の小さなレストランにあったという。ショウケースのなかにあるのを、ちゃんと見ていたのである。

「ずるい奴だな。ピー子はそっちのけで、そんなものを見てたのか」

二人は後戻りして、その店でカツカレーを食べた。

翌朝になると、もう、小鳥を探しに行く気はなくなっていた。

谷は、いつも通り出勤しなければならない。

出がけに、谷は、

「またべつのを飼うさ」

と、さと子にいった。

谷の夫婦には、子供がいない。


その小鳥屋の店は、ゆるやかな坂の途中にあった。

覗いてみると、思ったより中が広く、大小の鳥籠が沢山並んでいる。

谷は、しばらく迷っていたが、思い切ってドアを押した。

小鳥たちの鳴く声が、急に高くなった。

文鳥のピー子が逃げてから、一週間あまり過ぎた日のことである。

谷は、ふと、私鉄の二つ三つ先の駅のそばに、小鳥屋があったのを思い出した。

まだ、さと子と結婚する前に、女友達がいた。その女を送って行ったときに、見かけたのである。

さと子と結婚してからは、四年になる。

まだその店があるかどうか、自信はなかったけれど、行ってみる気になった。

会社の帰りに、電車を乗り越して、その町まで行き、駅を出ると、町の様子は、かなり以前とは違っていた。

しかし、見覚えのある坂を上って行くと、その小鳥屋は、ちゃんとあった。そのあたりは、駅の周辺ほど変ってはいないようだ。

谷が店に入って行くと、鳥籠の間から、ひょいと人が立ち上った。彼は、不意をつかれて、立ちすくんだ。

立ち上ったのは、若い娘であった。Tシャツにジーパンという恰好で、片手に割箸のようなものを持っている。どうやら店員のようだ。

「いらっしゃい」

その娘は、谷を見て、にこりとした。邪気のない表情である。

「なにか……」

谷も、誘われて、頷き返した。

「びっくりしたよ。誰もいないのかと思ったら……」

「餌をやってたんです。この子たちに」

娘は、自分の足もとを指した。中くらいの鳥籠のなかに、文鳥の子が何匹もひしめき合って、騒ぎ立てている。

「ああ、文鳥か、小さいなあ」

「ええ、まだぜんぜんチビ、幼稚園みたい」

「そうだね。でも元気だ」

娘は頷いた。

「なにか、御用は」

「いや、……なんとなく小鳥が見たかったんだ。いいかね」

「どうぞ」

「君は、ここの娘さん」

「店員です」

「いいから餌を上げて。ほら、欲しがって大変だ」

娘はかるく頷くと、口を揃えて催促する小鳥に、餌をやり始めた。片手の割箸の先に、ほんの少し餌を乗せては、小さな喙《くちばし》をいっぱいにあけて待っているところへ、一匹ずつ、次々と、指先で、その餌をはじき込んでやる。

その手際の良さを見て、谷は、あっけに取られた。そんな餌のやりかたを見たのも、初めてである。

「凄いな。まさに芸術的だな」

思わず見とれてしまうような器用さである。次から次へ、ぱくりとあいた口へ、的確に、はじかれた餌が吸い込まれて行く。谷は、すっかり感心してしまった。見たところ、なんの変哲もない、ころころ太った娘である。年は十六か七、そんなところだろう。その娘がそんな技術を持っているとは。

「たいしたもんだな、君は」

「馴れれば、なんでもないんです」

娘は、こともなげにいった。

「もう長いの」

「中学出てからずっと」

餌を与え終ると、娘は立ち上って、ひとつひとつ、鳥籠を点検して廻る。熟練した工員が、機械を点検して廻っているのと同じで、なにげなく見えるが、なにひとつ見落していないのが解る。

「鳥が好きなんだね」

「ええ」

娘は、セキセイインコの籠の前で立ちどまった。

「このインコ、今ちょっと具合が悪いの」

そういわれても、谷の目では、元気と病気の区別もつかない。

娘がぽつりぽつりと話したところによると、この店の主人は、彼女に店を任せっきりで、自分は、あっちこっち飛び歩いているということである。

「あんまし、小鳥なんか好きじゃないのね。それよりも、変った動物を探して、高く売ったりするほうに夢中なの」

ついー週間くらい前まで、水槽を置いて、木登り魚を飼っていたそうである。

「この頃は、ペットっていっても、変ったもののほうが人気があるのよ。ちっちゃなワニとかね。……木登り魚は、随分高く売れたらしいわ」

彼女は、店主のそういう商売に、批判的であるらしい。

谷は、なにか小鳥を買おうか、どうしようか迷っていた。

また文鳥にするか、それとも、カナリヤか、それとも十姉妹《じゅうしまつ》を何羽か飼うか、迷った末に、また出直して来ることに決めた。さと子と一緒に来てもいい。どっちみち下見のつもりだった。

谷が、有難うというと、娘は、また見に来て下さい、といった。話相手がいると、やはり嬉しいらしかった。

その日、帰ると、ピー子が入っていた鳥籠がなくなっていた。

「鳥籠、どうしたの」

谷が聞くと、

「遠山さんに上げたわ」

と、さと子は答えた。

遠山というのは、一つ置いて隣のC棟にいる夫婦である。

「遠山さんちで、カナリヤを飼うっていうんで、プレゼントしたの」

「ふうん」

谷は、それ以上の質問はしなかった。

なまじ、そこに鳥籠があると、気になるからだろう。それならそれでいい。

二三日経って、朝、出勤しようと、社宅の門まで来ると、上の方で小鳥の声が聞えた。ふりむくと、C棟の三階の遠山の家のヴェランダの軒に、見馴れた鳥籠が下げてあるのが見えた。

しばらくして、谷は、ある日、散歩に出たついでに、例の小鳥屋まで足を伸ばそうと思い立った。

その後、一度覗いたとき、店番の娘は、谷の顔を見て、嬉しそうな様子を見せたが、以前ほど元気がないように見えた。

そして、店主とうまく行っていないことを、ちょっと洩らした。

「腐っちゃ駄目だよ。こんないい仕事をしてるなんて、羨ましいよ」

谷が、そう励ますと、娘は、

「そうですか」

と、いくらか気が晴れたような表情になった。

「そうだよ。こんなに、小鳥たちに信頼されてさ。……みんな無条件に、君のことを頼ってるんだぜ」

谷がいうと、娘は、こくんと頷いた。

それっきり、行っていない。

坂を上って、小鳥屋の店のところまで来ると、なんだか様子が変っていた。

新しい看板がかかって、造作にも手が加えられていた。

なかを覗いてみると、違う女の子と、店主らしい男がいた。派手なシャツに、白いゴルフ・パンツという、当世風な身なりの中年男だった。

谷がドアを押そうとすると、自然に開いたので、びっくりした。自動ドアに改装したらしい。

「いらっしゃい」

と、その中年男が、谷を見て、挨拶した。

谷は、店のなかを見廻して、目を丸くした。

あまりの変りように驚いたのである。

以前の鳥籠の代りに、大小の動物の剝製《はくせい》がところ狭しと置いてあった。壁には、大きな角の鹿や、熊の頭が掛っている。そして、ところどころの水槽や、小さな檻《おり》には、名前も知れない魚や小動物が飼われていた。

「ここは、前小鳥屋さんじゃなかったっけ」

谷は、その中年の男に訊ねた。

「そうですよ」

「……代替りでもしたの」

「いや、イメージ・チェンジですよ、イメチェン。今どき小鳥屋でもないからね」

「ふうん」

「なんでも、先を行かなくちゃね。ペットだって変ったものがいいし……どうですか、インテリアに剝製なんか洒落てますよ」

主人は、谷の気のなさを見てとって、さっさと奥に引っ込もうとした。

「前に、違う女の子がいたでしょう。あの子は……」

「ああ、あれは、辞めました」

主人は、吐き棄てるような口調でいった。

「あの子の、知合いですか」

「いや、餌だとか、いろいろ買いに来てたもんでね」

「へえ、そうですか」

「仕事熱心な、いい子だったのに、……どうして辞めちゃったの」

「いや、いい子だなんて……、本当は馘《くび》にしたんですよ」

「へえ、なんかやらかしたの」

「それがね」

主人は、思い出しても腹が立つといった面持で、まくし立てた。

小鳥屋から、商売替えをすることにした、と、主人が伝えたときに、あの小鳥好きの娘は、真っ向から、それに反対したのだそうである。

「小娘のくせに、生意気なことをいいやがってねえ……」

主人は、憤懣《ふんまん》やるかたない様子で、谷にいった。

「お前は餓だって、怒鳴りつけてやったんですよ。そしたら、すごすご出てってね。私もうっかりしてたんだけど、その時、店の鍵を取り上げときゃよかったんだ。あくる日の朝あたしが店に出て来ると、驚いたねえ、鳥籠の蓋が全部あいてて、すっからかん。あいつがみんな外へ放しちゃったんですよね。近頃のガキは、ほんとにあくどいわ」

「へえ、そりゃまた、随分思い切ったことをしたもんだね」

谷は、主人に調子を合せながら、ずっと昔にテレビで観た映画のことを思い出していた。

それは、大女優マレーネ・ディートリッヒのまだ若い頃の作品だから、多分半世紀も昔のものの筈だった。もちろん黒白の画面で、そのなかに、若いディートリッヒの、ぼうっと霞《かす》んだような美貌が浮びあがると……、いや、あれはディートリッヒではなくて、ほかの女優だったかもしれない。

映画の筋は、ほとんど忘れてしまったが、ラストシーンで、恋に破れた女主人公が、次々と鳥籠をあけて、なかの小鳥を、空に放ってやるシーンがあった。谷は、そのシーンをはっきり憶えていた。あとからあとから飛び立つ鳥たちの羽ばたきで、画面が一杯になる。まるで、そのシーンとそっくりじゃないか……、谷は、そう思った。

もちろん、あの小鳥好きの娘は、そんな映画があることは知らない筈だ。

それでも、鳥を空に放つ女の気持には、どこか共通するものが感じられる。

その場に居合せたかったな。色とりどりの小鳥たちが飛び立って行くところを見たら、どんな気持だろう。

谷は、主人のお喋りには上の空で、そんなことを考えていた。


「ねえ、小鳥っていうのは、籠のなかにいるのと、外に出たときと、どっちが幸せなんだろう」

「そりゃ、決ってるわ」

「どっちだい」

「外よ」

「しかし、外には、鳥や、猫や、敵だらけだぜ。籠のなかの方が、無事に長生き出来る」

「でも、外よ」

「それじゃ、ピー子もあれでよかったわけだ」

谷夫婦は、寝物語に、こんなことを話し合っていた。

夏に入って、この夫婦に、事件があった。

身体の変調を訴えていたさと子は、診断の結果、妊娠という判定を受けた。

「やっとよ。四年めよ」

と、さと子は、目をうるませた。

産み月は、四月になるらしい。

「春はいいぞ。小鳥だって春仔《はるご》は丈夫に育つっていうからな」

それはあの小鳥好きの娘から教わったことである。

小鳥が一人前に育って、やがて巣から飛び立って行くように、あの娘も、巣立ちの時期を迎えたのかもしれない。

谷は、そう思っている。

べつに隠す気はないが、小鳥好きのあの娘のことは、さと子には話しそびれたまま終りそうである。


〔1985（昭和60）年5月～1986（昭和61）年9月「オール讀物」初出〕

P+D BOOKS ラインアップ

白い手袋の秘密　瀬戸内晴美　●「女子大生・曲愛玲」を含むデビュー作品集

耳学問・尋三の春　木山捷平　●ユーモアと詩情に満ちた佳品13篇を収録

青春放浪　檀一雄　●小説家になる前の青春自伝放浪記

風祭　八木義德　●肉親との愛憎の葛藤の歳月を紡ぐ連作集

女のいる自画像　川崎長太郎　●私小説作家が語る様々な女たちとの交情

伊豆の街道　川崎長太郎　●五十歳のやもめ作家と人妻との恋情を描く

P+D BOOKS ラインアップ

つぶやき岩の秘密　新田次郎　●山岳小説の大家が描く傑作少年冒険小説

小説 新子　時実新子　●情念川柳の作り手・時実新子の半生記

暗い夜の私　野口冨士男　●大戦を挟み時代に翻弄された文人たちを描く

貝がらと海の音　庄野潤三　●金婚式間近の老夫婦の穏やかな日々を描く

せきれい　庄野潤三　●〝夫婦の晩年シリーズ〟第三弾作品

庭のつるばら　庄野潤三　●当たり前にある日常の情景を丁寧に描く

P+D BOOKS ラインアップ

（お断り）

本書は1989年に文藝春秋より発刊された文庫を底本としております。あきらかに間違いと思われるものについては訂正いたしましたが、基本的には底本にしたがっております。また、一部の固有名詞や難読漢字には編集部で振り仮名を振っています。本文中には女中、芸者、番頭、蕎麦屋、家政婦、後家、女史、未亡人、土建屋、不動産屋、情人、魚屋、漁師、ウェイトレス、はんぱ人足、小鳥屋、女主人公などの言葉や人種・身分・職業・身体等に関する表現で、現在からみれば、不当、不適切と思われる箇所がありますが、著者に差別的意図のないこと、時代背景と作品価値とを鑑み、著者が故人でもあるため、原文のままにしております。

差別や侮蔑の助長、温存を意図するものでないことをご理解ください。

神吉 拓郎（かんき たくろう）

1928（昭和３）年９月11日―1994（平成６）年６月28日、享年65。東京都出身。1983年『私生活』で第90回直木賞受賞。代表作に『ブラックバス』『たべもの芳名録』など。

P+D BOOKS とは

P+D BOOKS（ピー プラス ディー ブックス）とは
P+Dとはペーパーバックとデジタルの略称です。
後世に受け継がれるべき名作でありながら、現在入手困難となっている作品を、
B6判ペーパーバック書籍と電子書籍を、同時かつ同価格で発売・発信する、
小学館のまったく新しいスタイルのブックレーベルです。

明日という日

2023年2月14日　初版第1刷発行

著者　神吉拓郎
発行人　飯田昌宏
発行所　株式会社　小学館
〒101-8001
東京都千代田区一ツ橋2-3-1
電話　編集　03-3230-9355
販売　03-5281-3555
印刷所　大日本印刷株式会社
製本所　大日本印刷株式会社
装丁　おおうちおさむ　山田彩純
(ナノナノグラフィックス)

ISBN978-4-09-352457-5

P+D BOOKS